幕后

樊登 著

天津出版传媒集团

天津人民出版社

果麦文化　出品

序 言

我是一个没什么城府的人。

这句话说出来，可能会像有的喜剧演员或相声演员说"我是一个内向的人"一样，容易让人产生你在说反话的错觉。

其实我在生活中就是如此。有什么想法，就喜欢到处说。比如，我想写小说，书还没写出来，已经搞得每次直播都有人问："小说写好了吗？"

还好有人替我做过回答。有一句俗语叫"Fake it till you make it"，翻译成中文大概就是"梦想还是要有的，万一实现了呢"。

我被大家认识，是因为讲书和写书，但之前写的都是些很实用的主题：领导力啊，沟通啊，育儿啊……写得快，也卖得好。然而，文学对我而言是神圣的，比创业难，比养孩子难，当然也比写之前那些书更难。一旦动笔，总觉得还不够成熟，构思得还不够好，情绪还不到位。后来我想，这还是我执念太重，总期待着自己写的文学作品能有什么重大意义。其实，自己这些酸文假醋，对读者的用处，可能还不如《可复制的领导力》。这样一想，反而放松了。做好了没人看的准备，想起什么就写什么，拉拉杂杂，一年多的时间，写完了这本小书。

文学是不讲道理的，而我偏偏是一个特别爱讲道理的人。爱讲道理的人，喜欢宏观地看人生，找规律。文学是微观地进入人生，陈述命运，寻找共鸣。而我之前学的"心无挂碍"那套哲学，恨不得把一切都忘记，视众生皆一样，所以在文学创作时，总觉得没什么好写的。

但当我被诱导着去回顾人生，我发现了一些永难忘记的人和事。这些印记如此深刻，以至于我无法把他们和其他人混同。当然，我在写作中做了文学加工，加入了自己的想象和对白。香港电影在开场会声明"如有雷同，纯属巧合"，美国电影也常常提醒观众"改编自真实故事"。理性的我，会选择香港电影的开场白，但感性的我，会希望你知道这本书"改编自真实故事"。

目录

双 相

"我其实今年已经五十啦！"二军像是说出了一个秘密，如释重负地使劲笑了笑，"我其实是 1971 年的，高考考了四年才考上。校长把档案扔给我们，说：'该改的都改改吧！'我就在'1'上添了一笔，变成了'4'。让你们都以为我是 1974 年的。"

他笑得更厉害了，有点愧疚，有点得意："不好意思啊，骗了你们三十年！"

我和二军是大学同学，同宿舍上下铺。我们一直以为他是宿舍里的老二，现在看来他是老大。他跟我说出这个秘密时，我们俩坐在精神病院的院子里。周围都是放风的病人，阳光很好，是北京难得的春光。我也笑了，说："这又不是啥大事，为啥要瞒这么久？你干的坏事比这严重的多了去了。"

"对你们不严重，但对我很严重。我跟谁都没说过，老七，你是第一个！"二军有点深沉地说，"我住院以后想明白了，面子什么的，没那么重要。就像人家说的，自从得了精神病，整个人都精神多了！"说完他又使劲地笑了起来。

二军在家里排行老四，家里就他一个大学生。父亲在他读高中时离世，他又考了四年，家里早就养活不起了。好在我们上大学是扩招前的最后一届，学费比较低。二军来报到时只有一张席子。学校有特困生补助，是一件刘德华同款的军大衣，他白天穿，晚上盖。我俩都属于不好好上课的，我喜欢玩，他喜欢赚钱：做家教，组织旅游，卖神功元气袋，替民办学校招生，卖护膝护肘，卖丁字尺，卖随身听，卖摇摆机……

二军做得最大的生意是卖摇摆机。一台机器，你躺着把脚搭上去，它就左右摇，摇得你灵魂出窍，据说能治百病。一台卖上千块，当然贵得离谱！但据说你买的不仅仅是健康，更是一份事业！你可以发展卖摇摆机的"下线"，"下线"再发展"下线"，每一级都有提成。算着算着，你就成百万富翁了！

那时候已经大四了，二军不考研，每天提着录像机，骑着我的自行车昏天黑地跑业务。他基本的路子是先拜访一个人，比如我们学校的保安，让对方组织一群人来看录像。二军给他们放如何发财的录像，再用激情的状态给大家算账。一黑板地计算下来，听课的基本就膨胀了，相互祝贺成为百万富翁！后来我们才知道，这叫"传销"。

我们学校很多教授和保安都做了二军的"下线"。毕业时我们问他："到底赚了多少钱？"

他破口大骂："赚个屁的钱！太贪心了，赚了一大堆录像机！"

"录像机也是钱嘛！大不了以后回老家开个录像厅，一样潇洒！"我们喝着啤酒，东倒西歪地笑着安慰他。谁能想到，录像机、摇摆机、DVD机、BP机、录像厅……都成了过眼云烟。

从某种程度上讲，二军是我的导师。我们对于毕业后去哪里就业毫无打算，基本上是哪里给的工资高一点点，或者喜欢的女孩去了哪个城市，我们就傻呵呵地签约卖身了，根本不知道选择城市就是选择后半生的命运。二军却坚定地要去北京，无论什么单位，能解决户口就行。他去了一家国有大型研究所，成了我们班第一个拿到北京户口的人。

我留在学校做辅导员，半年后接到一个电话："××军是你们的学生吗？"

我说："是啊！有什么事？"

"我们要把他的档案退回去！"

"啊？为什么？"

"他在我们所里卖摇摆机，影响很不好！"

我差点没乐出声来，说："对不起，派遣合同已经签过了，我们不会再接收他的档案了。"

后来我去北京的时候，二军去车站接我，一见面就说："老七，你可救了我了！你当时要说能接收档案，我的北京户口就没啦！"他仰天大笑。

二军坚决不打工。他说他算过账，一个月六千块，打工一辈子也没钱。我读完硕士到北京做"北漂"的时候，他已经被开除两年了，没有找过工作，考了两年研究生，都没考上。

我问："你也不上个班？咋过日子呢？"

二军说："借钱呗！还住在原单位的宿舍，你也可以来住。"

"有这么好的单位？开除了还让住？"

二军给我买了一张新床单，让我住进了雍和宫附近的单位宿舍。一个宿舍四个人，没有一个是单位的职工——两个被开除的，两个来投靠的。没人管。那段时间谁都没钱，都不知道是怎么吃饭的。总之很热闹，总有人管饭。

二军说："老七，你不用为我担心。我每个月花不了几个钱，一年最多借两万。等我创业成功，这都不是事儿。但工我是不会打的，没有前途！"

"你靠啥创业？还卖摇摆机？"

"摇摆机不行，挣不着钱，国家也不让弄了。"

那是二十多年前。现在回头看，创业的机会遍地，但当时的我完全没感觉。

"我这两年考研，发现最赚钱的是考研班老板！考不考研不要紧，咱办个考研班吧！"

谁能想到考研班是要拿命来办的？我们几个哥们凑了十万块钱，让二军办考研班，他自己的三万块当然是借来的。二军在中关村租了一个小办公室，吃、住、办公全在办公室里，整整一年。被子藏在文件柜里，洗漱用品藏在办公桌抽屉里。洗澡就在楼道水房，晚上打地铺，早上开窗通风。

公司的第一个员工是个财务小姑娘，"顺理成章"

成了公司的老板娘。开始时每招到一个学生，我就能收到一条短信，是二军向我报喜。他有一次特别得意地说："咱这个生意特别好，加一张凳子就多收一份钱！"那时候还没有互联网生意，培训班的业务模型确实算比较先进的了。边际成本递减，边际收益递增。

利润高的生意竞争激烈。我突然发现二军办公室里经常有"社会人"进进出出。二军像个老大一样和这些文身长发男谈笑风生。

我问他："这是怎么回事？咋混上黑社会了？"

"啥黑社会？！这是给咱贴海报的团队！"

"贴海报要这么吓人的造型吗？"

"那可不？不光贴，还要负责撕别人家的海报，还要保证咱们的海报不被别人撕！没有过硬的团队可不行！"

我一直以为办考研班最难的是找到师资和保证教学质量，没想到最重要的是抢占流量入口——海报栏！那时候，每年都有人因为贴海报的工作被砍，好几个城市都出过命案。抢老师，抢场地，都要用"过硬的团队"。

有一次，竞争对手带人来办公室抢一个英语老师，二军坐在门口，对身后的人大声布置工作："咱现在是下班时间，办公室已经关了。谁要进来就是擅闯民宅，咱砍死他算正当防卫！"

身后的长毛说："保证完成任务！"同时手摸向后腰。屋外的一群人骂骂咧咧很久，但终究没有人敢擅闯民宅。

在经历了几次大的血雨腥风后，培训班市场逐渐没人打架了。一是摄像头多了，一次打架事件就可以毁掉一个公司。二是生意也没有以前那么好做了，十年不到就变成夕阳产业了。二军算是成功了，就像他预言的那样，之前欠的钱都还清了。他还给自己买了房子，给我买了车，他家成了他们村的"驻京办"。

那时候还不流行说"全村的希望"，但他确实是。孩子上大学，老人看病，中年人再就业，没有二军不能办的。他其实并不是谁都认识，就是面对各种麻烦的时候，就忍不住说："我给你想办法！"

有一次，我姐同车间同事的孩子考大学想上一所重点，差了几分。我在电话里都说了："不认识，没办法。"二军在旁边听到了，说："我来想办法！"后来经过七拐八拐的关系，竟然办成了。

我姐的同事说："你弟弟的这个同学真厉害！"二军享受的就是这句话。我后来请教他办事的方法，他说："我卖摇摆机的时候，我的'上线'告诉我，没有人能够拒绝五次拜访！你们觉得事情难办，是因为怕被拒绝没面子。我从小就被拒绝，早就习惯了。只要你能坚持五次拜访，大学校长也会记住你。"

大家发现二军不对劲，是他突然变得特别喜欢买东西。办公室里经常堆着大堆大堆的饮料，他平时不喝水只喝红牛。我问他为啥这么爱喝红牛，他笑笑说："有力气呗！你也来一罐！哈哈，这是招待来咨询的学生的，显得咱们服务好。"

有一天，他的司机悄悄告诉我，公司的饮料多，是因为二军每次去超市说买点饮料，就会买五千块的饮料。还有一次说买点感冒药，就买了一万块的感冒药。

他并不是钱多得花不完。虽然买了房子但是没钱装修，一家人和全村的来访者都睡在水泥地的毛坯房里。但他控制不住地大手大脚，能办卡的地方就办卡，能埋单的机会就埋单。他享受着大家尊称他一声："二总！"我听过他有一次和别人吹牛，说："咱现在穷得只剩下钱了！"说完哈哈大笑，让对方以为是得意，让我以为是玩笑。

我知道他确实没什么钱，公司的员工越来越多，百度竞价排名的广告费用越来越高，教师的课酬也越来越高。到处埋单的嚣张外表下，是一颗焦虑不安的心。我问他老婆："要不要管管他？"他老婆说："管过，管不住。后来我把他的信用卡都给收了，他就让员工埋单，然后来找我报销。我也不能不报啊，毕竟这是他的公司啊！"

再后来，购物已经不能满足他的需求了，他就组织旅游。有一天二军问我："去海南旅行吧？小范围的，你把你妈、你姐她们都叫上，算是公司福利。"

我说："我不去，我妈应该可以。"毕竟这几年没分红，组织股东们旅行一下也是可以的。

二军说："好，我带阿姨去旅行，你放心吧。"

我妈到了机场才知道，一个旅行团三十多个人，全是二军埋单。很多人连二军都不认识，见了面才开始互相介绍。看来他说的小范围并不太小。什么公司也撑不住这样招待，所以每组织一次旅行他也会懊恼不已。但过两天又忍不住说："咱们小范围去一趟秦皇岛吧！"看来二军喜欢大海。

最终的崩溃发生在课堂上。公司年中冲业绩，组织了一场大型演讲。请了很贵的老师，租了很大的场地。中午的时候我突然接到公司员工带着哭腔的电话，说："樊老师，你快来吧，二总跟学员打起来了！"

我赶到现场的时候，警察已经走了，现场一地鸡毛。二军目光呆滞地坐在椅子上，嘴里兀自咒骂着。今天的公开课对二军来讲非常重要，他在老师上台前要先讲一段，员工提醒他一定少讲一点，他说最多半小时，还让人用钟表提醒他。但他一上台就讲嗨了，操着学员听不太懂的方言普通话激情演讲。从上大学开始，一直到中美关系和互联网的未来，他把他最近听到的认为时髦的话题都讲了一遍。学员开始躁动，他也不为所动。后来有学员站起来让他下去，他愤怒了，和学员对骂。最终变成一群人对他的围殴。

　　员工小心翼翼地问我："二总是不是病了呀？"

　　我说："他有啥病？就是钱多了烧的！"

　　员工说："樊老师，我们都特别怕他！他在您面前是努力正常的，在我们面前是喜怒无常的，特别可怕。您带他去看看吧！"

　　"什么？看什么？"我突然愣住了。

　　二军，不就是脾气不好，修养不好吗？他骨子里是热心的，爱面子的，爱开玩笑的。我从没想过他是病了。

　　当天晚上我给熟悉的心理医生打电话咨询。医生说："听起来是很典型的双相。"

　　"什么相？"我第一次听到这个名词。

"双相，双相情感障碍，抑郁症里最难治的一种。我如果没有猜错的话，他应该很久没有好好睡过觉了。赶紧送医院，不然命都可能没有了。"

二军确实有半个月没有好好睡觉了，晚上一个人很亢奋地在家里擦皮鞋，搬柜子。早上很早到公司，用沙哑的声音给员工训话。

我开着二军给我买的车送他去精神病院。一路上，他还在用沙哑的声音向我讲述他的宏伟蓝图，要把公司办到市值一百个亿！我心里有点难过，在医院门口停下车对他说："二军，你病了。"

"我有啥病？我状态好得很！"

"你很久没睡觉了，再这样下去一个礼拜，你的内脏器官就会病变，你就完啦！"

"唉，我红牛喝多啦！不喝就没事啦！"他哈哈大笑。

"你得去看病！你还有老娘和女儿，你不能比她们先走。"

二军突然哭了，上气不接下气地哽咽着，说："唉，老七，要不是我老娘还在，我早就不想活了。有时候看见路上的汽车开得那么快，我就想扑上去算啦！俺老娘八十啦！我得给她送终啊！我老娘要是不在，我就不活啦！"

"可别胡说！你还有孩子，你老婆还怀着一个，你还有我们这些兄弟，你把病治好了，咱们还有好多事可以做呢！"我尽量控制着情绪，把事情说得轻松自然。

二军顺从地跟我进了医院。医生的诊断和之前咨询的结果一样，重度双相情感障碍，必须住院治疗。

我有时候会去医院看他，他帮我赶开围着我要手机的病友，说："这里就是打电话不方便，手机都没收了。公共电话时间有限制，因为有的病人能一直不停地打电话。"

我想起他当初也经常跟人打一两个小时的电话。

"你别怕，这些人都挺好的，跟住集体宿舍差不多，"过一会儿他又跟我说，"能出去的话尽量早点让我出去，公司还有很多事呢。"

二军在医院里住了大半年。起初他还经常问公司的事，跟我讲很多宏大的构想。最离谱的一次是给我介绍了一个病友，是个年轻的精神分裂症患者。他说："这孩子很聪明，清华毕业的，被他爸妈逼得精神出了问题。出院以后我想让他到公司上班，至少可以做个副总。"

当二军不再讨论公司业务的时候，医生允许他出院了。出来后的他变得沉静而迟缓，脸上经常带着微笑，对赚大钱的计划也不再充满激情。公司没了他的折腾，变得稳定而平庸。医生说是这样的，宁静和激情难以共存，保命要紧。

我一再向医生确认："他以后还能正常工作吗？"

医生说："能正常生活是最重要的，你们这些人的问题就是总想着赚钱！"

每年春天，二军都会有点振作，会发很长的微信，邀请很多人吃饭，多到一个包间三四张桌子，大家坐下来才开始自我介绍的那种。折腾了几次，大家发现每次吃饭其实都没什么主题，也就不来了。

公司的业务越来越糟糕，似乎还停留在十年前的节奏，什么直播带货，什么短视频营销，都不会做。终于，二军决定把公司半卖半送地给了竞争对手。他找我商量的时候我没当真，因为公司是他的命，行业第一是他的荣誉，尽管这个行业第一并不赚钱。但这次他竟然真的答应了，他放弃了公司的控制权，也不再领工资。

我问："你怎么舍得呢？"

他和我走在北京的秋天里，看着漫天的落叶，用难得的沉稳口气说："老七，我想养老了。我和老婆商量过了，创业是弄不动了。我们打算把房子卖了，把公司欠的钱还上，再去郊区，换套小房子。我们穷惯了，小房子一样住。五十多了，我这个身体状况，不拼了。你要理解我一下。"

说这话的时候，他的表情终于不再使劲，放松而接纳。

我不可能不理解，公司是他一手做起来的。我从没帮他打过架，也没帮他求过人，没有帮他喝过酒，甚至他都没有找我借过钱。有时候我想，如果我愿意多帮帮他，也许他的精神压力不至于那么大。

他普通话不好，长得也不好看，没有比他更厉害的亲戚，他全靠自己。二军做事非常使劲，就是喝一瓶矿泉水，他也会把瓶子喝成扁扁的一团。我过去经常劝他放松点，别使那么大劲。后来我知道，人和人不一样，他不使劲不行啊。

我一直没有告诉过二军，那天把他送进医院后，我回到家哭得难以自已。后来我读尼采的书，安慰自己：疯狂，也许就是二军"超人"的状态。只是我们太平庸而已。

无 糖

　　1993 年，老冯十八岁，高考落榜。家里倒是松了一口气。老冯的爸爸老老冯说："也中，出去打工吧！"正好有一批老乡要去浙江打工，老冯就跟着来到了温州。

　　老冯白天在工地干活，晚上出来闲逛。他闻着夜市里的香味，到了一家蛋糕店。橱窗里漂亮的生日蛋糕，空气中香甜的味道，一下子吸引住了他。面点师傅们像艺术家一样精心地做着蛋糕。老冯隔着玻璃看着里面，完全忘记了周围的一切。

　　老冯想："如果能在这样的地方工作，不给钱都行啊！"于是每天下班后，就到蛋糕店门口张望，终于引起了女店长的注意："哎，小伙子，你每天来看啥呢？"

　　老冯突然被问，有点不知所措，转身想走，但觉得这样更像做了亏心事，竟在原地僵住了。

女店长觉得好笑，放缓了口气问："想买蛋糕？还是想学做蛋糕？"

老冯涨红了脸："我……能学吗？"

他低头看着自己一身的灰土。

女店长问："上过学没有？"

"高中，刚毕业……差一点考上……"老冯鼓起勇气说。

"明天洗个澡，换身干净衣服来吧。"女店长觉得这孩子老实，有点可爱。

"来……干啥？"老冯有点迷糊。

"干啥？你不是想学吗？明天来做学徒，打杂。一个月二百，有宿舍。"

"二百？我没那么多钱！"老冯在工地上一天才五块钱。

"哈哈哈，不是让你交钱，是给你二百工资！你没看这儿写着吗，招学徒工！"女店长笑着说。

老冯确实还没学会看招聘信息，只是像小时候在村里看唱戏一样趴在窗口看人做蛋糕。没想到竟然从天上掉下来一份工作。

这就是命运。工友们最大的乐趣，是收工后钻进录像厅看录像，然后第二天继续在工地上卖命。老冯偏偏就被蛋糕店里的氛围和香味吸引。他没想到，从此以后他会一直做糕点。很难说是他选择了糕点，还是糕点选择了他。

老冯是有天分的，上手很快。面包、蛋糕、饼干、冰激凌、翻糖，他样样都学会了。尤其是烤面包，老冯烤出的面包表皮酥脆，内里松软，每天都有人排队来买。

三年时间，老冯的工资涨到了两千块，成了店里的老师傅。家里边给老冯找了媳妇，在 1997 年香港回归的时候结了婚。2000 年，儿子出生，城里人说这叫千禧宝宝，老冯就给儿子起了个小名叫"喜宝"。

有了孩子和媳妇，老冯想的就多了。他想把老婆孩子接到城里来，但光靠一个月几千块的工资，日子肯定紧巴。这几年下来，他手里攒了几万块钱，如果寻个租金便宜点的地方，开一家面包店应该够了。有顾客找过他，说愿意出钱，让他在街上再开一家蛋糕店。老冯拒绝了，他觉得店长对他有恩，就算创业，也不能跟他们竞争。

2001 年，老冯和老婆孩子一起到了宁波。他们在一个小镇上租了间铺面，前店后厨，开起了面包店。老冯给面包店起名叫"千禧糕饼屋"，主营面包、饼干和生日蛋糕。开张前，他一夜都没睡好，一遍遍想第二天的各种流程。到了凌晨4点，干脆起来开机器和面，准备烤面包了。

机器是二手的，有点接触不良。尤其是面粉放多了，和着水从开口塞进去的时候，经常会卡住不动。老冯一边敲打着机器，一边用手把面团往机器里塞。一瞬间，机器突然启动了，面团带着老冯的手指，被机器拖着往里拽。老冯觉得手伸得有点太深了，想抽出来，突然看到一股血水从机器口涌了出来。

老冯的第一个念头是：糟了！这批面包没法卖了！他没感到疼，只觉得手被机器咬住，收不回来。机器的齿轮发出咔啦咔啦声，那是老冯的骨头碎裂的声音。等老冯把手抽出来，右手只剩下大拇指和食指有气无力地耷拉着，大半个手都没有了。机器里流出很多血，一盆面都和着血。老冯这时才感到钻心的疼和发自内心的恐惧。

千禧糕饼屋的开业仪式推迟了半个月。半个月后，老冯一只手裹着厚厚的纱布，烤出了第一炉香甜松软的面包。因为右手残疾了，所以他不能再做生日蛋糕，也不大到前面来招呼客人。老婆秀珍带着孩子在前面收银，老冯一个人一只手在后面忙而不乱地烤面包，烤饼干。那台几乎吃掉他一只手的机器和平地工作着。老冯觉得那机器很像家里新来的大狗，怪自己没有摸清楚它的脾气秉性就敢伸手。

秀珍那天吓坏了，以后只要听到什么声响，就会跑到后面看看老冯。儿子喜宝学会说话后，最常说的话是："爸爸，没事吧？"

老冯总是笑着说："爸爸没事，爸爸给喜宝烤面包呢！"

一家三口就这样把千禧糕饼屋撑了起来。

2005年夏天，老冯给喜宝在当地找了一所小学，开学喜宝就能上一年级了。这一天店里生意特别忙，老冯和秀珍都没有注意喜宝去哪里了。到下午吃饭的时候，老冯问："喜宝呢？"

秀珍说："肯定是在隔壁谁家看电视呢！我去叫。"

秀珍叫了一圈，没有应。秀珍有点急了，开始在街上大喊。老冯也心神不宁，关了店和秀珍一起挨家挨户地问，最后只好到派出所报案。派出所的民警正在问他们话的时候，接到一个电话。

民警捂住话筒问老冯："孩子多大？穿什么衣服？"

老冯很紧张，颤抖着说："六岁，穿喜羊羊的短袖……"

民警对着话筒说："可能是的，我带他们过去。"

民警挂了电话说："水库边上发现了三个溺水的孩子，我带你们去看看。"

秀珍的腿软了，整个人滑了下去。老冯拼命地扶住秀珍，说："也不一定，也不一定！"

喜宝躺在地上，像睡着了一样，就是小脸有点白，身上还是那件喜羊羊的短袖，鞋子少了一只。身上有些泥巴和水草。老冯扑过去抱住了孩子，嘴里喊着："喜宝喜宝！你这是咋啦！你咋这不听话！"

老冯一边哭喊，一边拍打着喜宝，希望他还能睁开眼睛说一句："爸爸，你没事吧？"

秀珍远远地看了一眼孩子就晕倒了，民警急忙掐人中。岸上躺着三个孩子，另外两个大一点，喜宝喜欢跟着比他大的孩子玩。民警说从现场看，可以排除他杀，应该是三个孩子在水库边玩的时候掉进去了。

"唉，每年都有。真应该给这个水库盖个盖子。"民警说着，想要安慰老冯。

老冯不知道自己怎么到家的，孩子被拉去了殡仪馆，秀珍疯了一样到处找孩子。老冯有时候恨秀珍没有看好孩子，有时候恨自己没有告诉喜宝不能去水库玩。他把秀珍拉回家里，锁上门，两个人悲痛得忘记了时间。第二天老乡们都来了，男的陪着老冯抽烟，女的陪着秀珍哭。在大家的帮助下，老冯把喜宝的骨灰和秀珍一起送回了老家。秀珍受到的刺激太大，精神有点失常了，嘴里面总是叫着："喜宝，喜宝，快回家啦！"有时候走在村里，秀珍会突然拉着别人家的孩子不撒手。村里的人看到秀珍过来，都会把孩子叫回家，关上门。

老冯把千禧糕饼屋关了，这间屋子装满了悲伤的回忆。喜宝在这里蹒跚学步、牙牙学语，跟着爸爸一起玩面团，在门口的投币摇摇车上玩喜羊羊，掀开门帘探出头来奶声奶气地问："爸爸，你没事吧？"

老冯处理了所有设备，关掉了店铺，离开了宁波。离开前，他还去了趟水库，站在喜宝躺着的地方一个人流泪。他用手抚摸着喜宝躺过的地方，从默默流泪到号啕大哭。有那么一刻，他甚至想纵身一跳，去另一个世界寻找喜宝。但另一个声音告诉他："你要挺住！家里就靠你了！老人和秀珍都指望你了！再苦也要挺住！"

哭了很久，老冯擦了擦眼泪，对着水库说："喜宝，爸爸走了！爸爸还得挣钱给喜宝买房买车买玩具，爸爸还要照顾爷爷奶奶和妈妈。爸爸必须活着，爸爸没事。"

到上海的时候，老冯只有七千块钱了，这是他全部的身家。这点钱不够开面包店，他只能另想办法。老冯在奉贤租了一间小办公室，办了一部带传真的电话。预付的房租和电话传真机，就几乎花光了七千块钱。老冯现在只剩下一个无糖面包的配方了。在千禧糕饼屋的时候，他就会做一些无糖的面包，很受患有糖尿病的老年人欢迎。老冯听说糖尿病是个富贵病，经济条件越好得病的人越多，所以这个市场只会越来越大。老冯做的无糖面包同样酥松香甜，他觉得这个产品应该行。可问题是，他已经一点钱都没有了。

老冯找到高中同学建设，建设大学毕业以后分到了上海的一家企业做财务。建设知道老冯的事，请老冯喝酒，陪老冯感叹。但建设也没钱。老冯说："那算啦，我再想想办法。"

"你能想个啥办法？"建设拉住起身要走的老冯说，"我这里有一张单位的承兑汇票，六万块，还有两个星期到期。你可以拿去抵押，千万别去兑钱。两个星期之内还给我，我就能给公司交差。"

"那要是还不上呢？"老冯问。

“还不上也没办法，我的工作肯定是没啦，说不定要坐牢。”建设说得很平静，好像已经做好了坐牢的准备。

老冯低下头，掉了眼泪，说：“你放心，我不会让你坐牢的！”

老冯拿着承兑汇票找到一家纸箱厂，请厂里帮他生产六万块的包装箱，箱子上要印“喜宝无糖面包，健康美味，可以兼得”。厂长是个上了年纪的上海男人，低下头抬起眼，从眼镜上方打量着老冯，像是看外星人一样，说：“你这个承兑汇票不是钞票啊！侬脑子瓦特了？这个怎么好当钞票用的呀！”

老冯递上一根烟，说：“帮帮忙啦！我这刚起步，确实没有钱了。朋友是大老板，承兑汇票都肯借给我的。你放心，不给你钱的话，汇票你留着，我去坐班房呀！”

厂长接过香烟，又仔仔细细地打量着老冯，说：“给你箱子可以，不能印字。侬自己去打印些不干胶贴上去好了呀！箱子嘛我还好给别人用的啦！”

老冯千恩万谢，求厂长给他开了个生产六万块纸箱的证明。拿着证明，他又去了另一条街道上的糕点厂，说：“我这里纸箱子都做好了，能不能帮我生产六万块的面包？"

糕点厂的厂长不信，跟着老冯去了趟纸箱厂，看到老冯跟纸箱厂的厂长打招呼，还到车间看了成堆的纸箱，说："你把纸箱拉到我们厂，我就给你生产。拉多少纸箱，我给你生产多少面包。"

老冯知道，大家都是小本买卖，既想做生意，又怕被骗。麻秆打狼，两头害怕。有纸箱做抵押，糕点厂才敢生产。于是老冯借了糕点厂的三轮车，拉纸箱到糕点厂，再等着第一批糕点装箱，拉着三轮车上街卖。老冯人生地不熟，骑着车就往人多的地方去。没有人管的时候，就拿出一块牌子："无糖面包，老人最爱。"

整整两个星期，白天走街串巷吆喝叫卖，晚上在车间盯着下料生产。只有烤面包的时候，才打个盹儿。到承兑汇票到期前一天，老冯一共卖了十一万零三百四十二块钱。给纸箱厂和糕点厂结了款，还余下两万多块钱。当他把承兑汇票还给建设的时候，建设说："咦！恁咋弄着呢？咋瘦成这！"

两个星期没见，老冯已经瘦得不成样子。在镜子里一照，把自己都吓了一跳。建设搂住老冯哭了起来，说："咋瘦成这！咋瘦成这！"

老冯用左手拍着建设的背，笑着说："没啥，没啥，不能让你坐牢呀！"

老冯雇了个小姑娘接电话，自己骑着三轮车送货。他发现在街上零售不是个办法，找小卖部、小超市赊销倒是很快。因为无糖面包的口感很好，回头客蛮多。老冯很快就建立了一个销售的渠道系统。纸箱厂和糕点厂都加班加点给他生产。纸箱厂在纸箱上印上了"喜宝无糖面包，健康美味，可以兼得"的广告语。老冯请人专门设计了喜宝的标志，一个乐呵呵的胖娃娃。那是老冯脑海中喜宝小时候的样子。他把秀珍接到了上海，秀珍还是有点恍惚，但也不再到处乱跑，有时候还能帮着接个电话什么的。

公司发展很快，老冯到成都参加了一次糖酒会，就招到了上百个加盟商，开始在全国各地代理喜宝的无糖产品。公司的产品也从无糖面包发展到无糖饼干、无糖萨其马、无糖蜜三刀。每天成百上千箱糕点，从上海的工厂运往全国各地。2016年一年的销售额竟然过亿了。老冯收购改造了之前的糕点厂，请二线明星做广告，全国的代理商也越来越多。

平时忙起来是最好的，两个人都投入赚钱、开会中。他们最怕过年，每年过年，电视上都是阖家团圆的画面，厂里的工人也都回家了，老冯和秀珍就变得没话说。他们不愿意回老家，看到别人家的孩子就会想：
"如果喜宝还在，也该这么高了。"他们后来习惯了每年
春节就出国，去一个没有年味的地方，旅游，拍照，探
险。他们知道，这不是旅游，是逃亡。

老冯成了冯总，建设做了他的财务总监。有一家
食品巨头提出收购要约，给出的估值是二十亿元，老冯
如果同意，可以全资收购。建设的意见是可以考虑，对
方给出的价格公道，独立上市也很难，并购是不错的
选择。建设有百分之十的股份，也能卖两个亿了。没想
到老冯一口回绝了，说："不卖。喜宝是我的孩子，我
每天工作都是在陪孩子。钱对我们没啥用。你急用钱
吗？"

建设想想也是，要那么多钱也确实没啥用。他知道
老冯是怕，他怕闲下来。那种闲下来的空虚感，就像他
空荡荡的右手袖管一样，不愿意被人发现，但其实无处
隐藏。他们的事业像他们的面包一样，永远是无糖的。

很多人劝他们再要一个孩子，也许呢，再要一个孩
子就好了。但秀珍总是怀不上，后来慢慢就放弃了。去
医院检查，说双方都没什么问题。有个心理医生说，可
能是某一方有深深的负罪感，这种负罪感让他（她）觉
得再生一个孩子就是对喜宝的背叛，所以潜意识里排斥

了生育这件事。他们没有深究究竟是谁的问题，也没有过离婚的打算。因为对方身上，都有着喜宝的一部分。

拒绝被收购以后，老冯和秀珍开始投入公益事业，资助了很多山区的儿童上学。在各地建立了"喜宝之家"，给留守儿童普及安全知识。在跟孩子们交流玩耍的时候，有那么一瞬间，老冯会看到喜宝的影子，内心会感到一点点甜。

开 山

我认识老陶的时候,他已经是一个有钱人了。

老陶有一个庞大的越野车改装车队,都是比别的车高一头的吉普,开在大街上特别耀武扬威。他早年间在西安跟别人卖体育用品,学会做生意后就回了银川,在银川开体育用品店,生意很好。后来又开汽车4S店,也赶上了好时候,哗哗地进钱。有了很多钱以后,他却心里特别毛躁,离了婚又结了婚,依然不能自在。对买房置业、搞婚外情这些,他一概没兴趣。他和新婚的妻子,还是住在以前单位分的顶层没电梯的老单元房里。用老陶的话讲:"对物质生活提不起精神来。"

银川郊外不远处就是贺兰山,有汉长城和狂躁的风。老陶有时候一个人就开车进山,找个没人的山头坐着,听风。老陶经常想:"如果跳下去会怎么样?"以前没钱的时候还有个奔头，觉得："生活大概是因为没钱才痛苦的吧？有了钱可能就好了。"谁知道有了钱依然这么痛苦，甚至更加痛苦。

前些年努力吃苦挣钱，还有点意思。现在挣钱都不需要努力了，仅有的一点乐趣都没了，不如死了算了。可是一想到村里还有老娘，家里还有孩子，就狠不下心来。想到自己想死也死不了，就更加委屈，一个人在风里哭得凄惶。老陶觉得命运对自己太不公平了，还不到四十，就被剥夺了奋斗吃苦的权利。

尽管外人看不出来，觉得陶总每天面沉似水，杀伐决断，是个天生的好商人。但妻子懂老陶，知道他不是作，是真的难受。于是借着结婚纪念之名，把老陶骗到了美国旅行。

这次旅行，老陶发现了好东西。老美富得早，像老陶这样没着没落的有钱人多。人家早就找到了自己找罪受的方法，起了个名字叫"极限运动"。有一群人专门开着改装越野车爬山。不是正经山路，是近乎峭壁的石头山。汽车的四个轮子像攀岩运动员的手脚一样，紧贴在山上。驾驶员只能看见天，四个轮子的摆动听指挥员的指示。发动机雷一样轰鸣着，轮胎绝望地扒着石头，不时打滑，让小石子到处飞溅。有时候一个闪失，汽车会突然往下掉。老陶在旁边看得手心直冒汗，心脏狂跳。他决定不死了，回去也搞。车，他有的是。山，就在那里！

老陶回到银川，就带着公司的小伙子们进了山。本来就都是二十啷当岁的西北汉子，再遇上这么一个像是西部片里走出来的硬汉老板，这群人在山里可就拼了命了。流血流汗，肩挑手扛，几年时间，在贺兰山里开出了十几条汽车攀岩的赛道，起了个名字叫"骇客公园"。

老陶基本不怎么管生意了，没日没夜地钻在山里，住帐篷，喝凉水，和大石头较劲。之前的空虚、烦躁都没了。每天开开心心地干体力活，受伤流血都不在话下。没活干的时候就开车上山，仰面朝上开车。有时候一不小心就四仰八叉地从山上翻滚下来。这件事好玩的地方就在于，无论一条赛道你走过多少次，每次开车上去的时候都是全新的挑战。心跳加速，手心出汗，人和车完美配合。每次伴随着巨大的轰鸣声爬上山顶的时候，就好像从鬼门关走过了一遭。老陶再也没有想过要不要去死的问题。

"骇客之路"出名了，全国的改装车爱好者都来了，连美国的同行们也都来了。好几条赛道难得连老外都上不去，只有老陶能上去。媒体争相报道，老陶成了"中国汽车攀岩第一人"。政府把这片大山划给他，希望能搞成中国的"魔崖"。

我就是这时候认识老陶的，他请我吃银川的拉条子。他说："樊老师，你要不要跟我爬一次？坐副驾驶就行。"

我说："我不去，君子不立危墙之下。我在旁边看看就开眼界了。"

老陶笑了，说："我这车里都治好了好几个抑郁症了，您不试试？"

"我可以肯定我没有抑郁症，但我不敢肯定我有没有心脏病，所以我还是算了吧。"我连忙说。

老陶说的是真的。曾经有个画家想不开，老在家自残，家里人没办法了，把他带给老陶。因为老陶有这方面经验，想让他劝劝。

老陶说："不用劝，跟我上山走一公里就好了。"

画家一看是要坐车爬山，有点发怵。老陶说："死都不怕还怕坐车？"

画家一咬牙坐进了副驾驶。上了车就由不得他了，汽车直立起来朝山上爬去。画家不断尖叫，浑身是汗，大声喊："你让我下去！我不想死！"

一公里，走了三小时。下车后画家躺在地上，死活不愿意站起来。大家问怎么样，画家只说："活着真好！真好！"

　　我一直很好奇，老陶的动力来自哪里？在山里搞这些并不赚钱，还得搭进去很多钱。好在他老婆真是支持，说："总比他一天到晚想死强！"

　　没人能理解他，网上的人说这就是有钱人的消遣，作死。也有人说他是商业奇才，在下一盘很大的棋。但我知道，这根本就不是什么商业计划，老陶就是停不下来。他只能吃苦，不能享受。但当我问他具体的原因，他说他也不知道，只是不能过平静的富裕生活，可能是命贱。

　　后来我逐渐发现了一个奇怪的现象，每次吃饭，我还没吃两口，他就一抹嘴站起来，说："我吃好了，你们慢慢吃。"然后就出门去站着。

　　次数多了我就问他："你这是啥习惯？吃得那么快，吃完还坐不住？"

　　老陶被问得愣了一下，说："没办法，樊老师，习惯了。我和我哥从小就闷头吃饭，吃完就跑。"

　　我没明白："为啥？着急看电视？"

"不是。因为跑得慢就会被我爸打，往死里打。我爸不喝酒不打人，一喝酒就往死里打。所以每次吃饭，我们都尽量快点吃，趁着他还没喝多就吃完。跑出去躲在草垛里，听着他在家里打我妈。如果我妈也不在，他就打狗，打鸡。我哥有一次跑得慢，小腿骨就被打折了。我膝盖上的伤也是我爸打的。"

"啊？"我听得目瞪口呆。

"樊老师，你要愿意听，我给你讲讲我和我爸的故事。"老陶平静地说。

老陶的爸爸是从山东逃荒到银川的，妈妈从河北逃婚到银川。两个人都没有户口，以捡垃圾为生，走到了一起。生了三个孩子：一个女儿两个儿子。老陶小时候特别怕在学校附近遇到爸爸，但还是有很多同学知道老陶的爸爸是捡破烂的。有时候不上学，他们三兄妹也要跟爸妈一块儿上街捡垃圾，遇到同学恨不得找个地缝钻进去。

爸爸在外面老实巴交，在家里是王。不喝酒还好，一喝酒就喝多，一喝多就打人。他打人下死手，如果不跑，肯定会被打死。家里的鸡都是被老头摔死的，狗腿也被打断了。

有一次爸爸还没喝多的时候，全家在看抗日电视剧，有个情节是一个八路军战士用步枪打下了一架日军飞机。爸爸突然很兴奋，说："这是俺战友！俺们在孟良崮的时候，就用步枪打下来过飞机。"

老陶那时候青春期，就顶了一句："吹吧，步枪还能打飞机了？孟良崮也不是打日本人，是打国民党。"

爸爸暴怒，一个耳光扇过来，年少的老陶眼冒金星，牙齿掉了两颗。

老陶十八岁那年，终于动手打了爸爸。因为老头儿又喝多了，揪着妈妈的头发往墙上撞。老陶回家正好撞见，一脚踹过去，把老头踹飞了。妈妈突然扑过来，边哭边打老陶，说："你是个畜生啊！你敢打你爸！你不是个人！"

老陶愣在当场，妈妈全身上下都是被老头儿打的伤，这会儿额头上还流着血，却疯了一样地护着老头儿。老头儿蔫在地上，像一个战败的俘虏。老陶什么话也说不出来，甩开妈妈离开了家。再回到家的时候，爸爸已经离世了。

老陶讲着这让我心惊的故事，面色依然沉静，平稳地开着车。

"后来山东老家来了人，我才知道，我爸不是要饭的。他是粟裕将军的警卫员，真的打过孟良崮战役。"

老陶的眼圈有点红，"刚解放的时候是县长，配吉普车。人家告诉我，你爸是吼一声全县抖三抖的人。后来被打倒了，批斗的时候被打得太厉害，就跑了。没想到跑这么远，到宁夏拾破烂来了。"

老陶略带自嘲地说："我后来听你讲的书，我才理解了我爸是创伤应激障碍。他是从死人堆里爬出来的，和敌人肉搏过。他说的用步枪打飞机的事是真的，那个战友后来也牺牲了。原来以为解放了就可以过好日子了，没想到还会被打倒。常年的逃亡和捡破烂的生活，也给了他巨大的压力。他谁都怕，只有喝了酒才有点胆气。他打我的时候我真的觉得他要杀我，抄起什么就抡什么打过来。我一直很恨他，恨他打我们，恨他让我捡破烂，恨他让我在同学面前抬不起头。现在想想，这都是命。他从山东走到宁夏，但凡走错一个路口，都遇不上我妈。他俩遇不上，我们仨就不会被打成这样。"

"你说得对，但你也不会有你的'骇客公园'啊！"我说。

生命中的种种馈赠，都已经暗暗标好了价格。同样，生活中的种种遭遇，也会有相应的回报。老陶这样的人就是没法过清闲愉快的生活，有钱了也要想办法吃苦。因为他从小没有习惯过享受和美好，他少年时在拳头和棍棒中成长，他长大后也就习惯于流血和流汗。

"你不会打孩子吧？"我问老陶。

他笑了笑说："我从没动过孩子一指头，我不会成为我爸爸。我只跟车较劲。"

小 强

　　小强是一个女孩的名字。她从小跟奶奶一起长大，亲生父母就在一个村里，可是跟她不亲。家里人一直想要个男孩，前两个是女儿就忍了，第三个还是女儿，就不想要了，要送人。奶奶说："不要送，我来养。"奶奶给她起名叫小强，当男孩养。奶奶总是跟小强说："强啊，咱谁也不能指望，就指望自个儿强！恁自个儿不吃亏，谁要欺负你也不中！"小强得了奶奶的精神火种，在村里打架没有吃过亏。上小学的时候，两个姐姐被人欺负还要靠小强扔砖头报仇。这样的个性，虽然不吃亏，但也不听话，也没少挨老师骂挨奶奶打。

　　初中毕业还不到十六岁，小强就不再上学了。村里有人到广东打工，小强要跟着去。奶奶给了小强一床被子和三百块钱，又找小强的爸爸吵了一架，要了两百块钱，把小强送到村口，上了过路的客车，挥挥手，说：

"强，管好自己，别管我！"小强本来很兴奋，看到奶奶直挥手，才想到这一去不知道要多久才能见到奶奶，连忙冲到车尾拍着玻璃哭了出来。

小强到了东莞，跟同村的姐妹小芬一起进了电子厂。电子厂每天工作十五小时，工资三十块钱。有时候要加班，二十四小时连续工作，就是不停地焊接那几个点。拿着电焊笔的手拿起、放下，每天至少五千多次。小强并不知道那些绿色的塑料板是做什么用的，但似乎总是焊不完。有时候焊得实在是太困了，会不小心烫到头发，一股焦煳味弥漫开来。不小心烫到手也是常有的，还好有手套，上面很多洞。

小强常常觉得自己像个机器人。上班，手拿起放下。下班，刷牙洗脸睡觉。在厂里人和人之间都不怎么说话，小强主动和别人打招呼，对方常常像没听见一样。只有老乡们在一起的时候，能说说话。有时候会听到别人说："累得像狗一样，还不如去坐台！"大家哄笑。

小强很好奇地问："怎么坐台？是做台灯吗？很赚钱吗？"

大家笑得更厉害，说："是，你去做台灯，比在电子厂挣得多多了！"

后来小强才搞清楚，坐台是做"那个"。大家在聊天中会说老家来的谁谁坐台了，去年给家里盖了房。还有谁谁被香港人包养了，给家里买了车。大家在讲这些的时候，大都是一种相互鼓励的调笑语气："你去做啊，你胸这么大！"

有时候说着说着也会有人说："有啥的，大不了不回家。"

"你觉得坐台不是人，每天干十八小时就是人啦？"

"我要去就先把你们这几个灭了口，要不然我爸得打死我！"

小强觉得这些讨论都和自己没关系，就是跟着傻笑。再说了，自己也没胸。

可是小芬有胸，而且也实在受不了工厂的工作了。但小芬不能让小强知道这件事，她们两家在村里对门。

有一天，小强上班的时候被老板叫到办公室，说："你偷焊条了！"

小强说："我偷焊条干啥？"

老板说："在你床上搜出来了，你还想抵赖？"说着，扔了一团焊料在桌上。

小强只会说："我没偷！"眼泪在眼眶里打转。

老板说："你走吧！我就不送你去派出所了。"

小强说："走就走，我没偷！你把工资给我结了！"

老板冷笑了一声，说："你偷我的东西，我不告你就不错了，你还想要钱？滚蛋！"

小强把脖子一梗，说："我从来没偷过东西！我的工资是血汗钱，你不给我，我跟你拼命！"

老板一看小强有点愣，说："你这半个月也没几个钱，我可以给你买张车票。你选个地方吧！"

小强想想也行，主要是她也不知道火车票有多贵，于是说："温州！我去温州！"小强听说过温州，因为村里有人在温州打工，她打算去找找。小强跟着老板，背着奶奶给她准备的铺盖卷，来到火车站售票处。跟老板一起挤在小小的窗口，探头听着售票员跟老板对话。

售票员说："温州没有票！"

老板扭头说："温州没有票，去哪儿？"

小强有点蒙，除了温州，她知道的城市名字很少。后面的人嚷嚷起来，让他们快点。小强赶紧说："离温州最近的哪儿有票？"

窗口里传来击打键盘的声音，劣质扩音器里说："义乌，硬座有票。"

小强并没有听清站名，但赶紧说："就这里啦！"

小强就这样来到义乌。之前她从未听说过这个城市，更不知道这里是小商品之都。她只是想这里离温州近，也许可以去温州找老乡。在小强跟我讲她的故事时，我被这种随机性震撼到了，不禁想起文天祥《过零丁洋》里的两句诗："山河破碎风飘絮，身世浮沉雨打萍。"她和千千万万的人，都把自己活成了浮萍的样子。命运随机地一抛，她就去了一个从未听说过的地方。生根发芽，茁壮成长。

小强发现不用去温州了，一是也不知道老乡在温州什么地方，二是去温州还得买票，而她身上的钱已经不多了。

义乌火车站有很多小商品批发城的广告，小强就自己摸到了批发城。这里比东莞的工厂好玩多了！巨大的商城里有一个个格子间，里面堆满了花花绿绿的小商品。一条通道的发卡，一条通道的冰箱贴，整层楼的书包，整层楼的手串……

小强在发卡通道的尽头找到了一份工作，看摊儿，打杂。老板发给她一个快译通和一个计算器，直接和老外客商谈价钱。小强一开始不敢跟外国人说话，那些黑人和披着白袍子的中东人，那些蓝色的绿色的眼珠子，都让小强有点怕。但后来她发现这些人也是人，都想买便宜东西，也都怕被宰。他们才不管看摊的是男是女，上没上过大学，他们只关心价格和发货时间。小强在初中还学了几句英文，能远远地打招呼。不像老板娘只会说 No、No、No，然后按计算器。再加上小强男孩子一样的个性，经常还能跟中东的老外说得哈哈大笑。其实小强也不知道对方为啥笑，总之客户笑就跟着笑，客户不同意就按计算器。

通道里看摊儿的大多是南方的女孩子，有时候需要搬个货爬高上低的，小强都抢着帮忙。小时候在村里爬树掏鸟窝比这个难多了。不出一年，小强在通道里就像在村里一样自在了，每天都眯缝着小眼睛，笑得很开心。两顿饭都在摊上吃盒饭，上厕所时招呼着周围的女孩帮忙照应。小强觉得这里比东莞的工厂好太多了，人和人之间会说话。虽然有竞争，有时候也吵架，但热热闹闹的，很像在村里。

小强每个月的工资是三千块，有时候生意好还会有点奖金。通道里竞争也激烈，给太低工资留不住人。小强很满足，但市场不会让一个人轻易满足。经常有别的楼层和通道的人来串门，你手里有客户，只要介绍到其他店，都有钱拿。小强试着推荐了几次，还真有些外快。

人手里有点闲钱，脑子就开始活泛。以前小强没想过要挣太多钱，每个月三千就够花了，还能给奶奶寄一些回去。但当每个月杂七杂八的收入有一万多的时候，小强就想，其实可以努努力把奶奶接过来一起住。周围这些老板也大都没怎么上过学，只要有快译通和计算器，这生意自己也能做。而且小强并不喜欢老板娘做生意的风格，她太爱贪小便宜，爱计较，还嫌贫爱富。遇到大客户就眉开眼笑，新面孔或者国内顾客就爱答不理。发卡按公斤卖，但装发卡的纸箱子又厚又重，都要跟着一起称。有时候明明没有的货，也拍着胸脯跟客户说多的是，付定金就能发现货。把客户忽悠到手，再到处去找货源。所以发到海外的货物经常货不对版，但只要不太离谱，外国客商也不太计较，毕竟便宜。

后来小强想明白了，老板娘最大的问题是没有自己的工厂，所以成本下不来，质量也没法保证。只是靠义乌的客商多，能捞一个算一个。再靠强大的谈判能力，抠出一点点利润。但小商品城的房租也水涨船高，商户们都感叹在为房东打工。而且每家商户的商品都差不多，所以外国客商就可以使劲砍价。小强觉得自己不能学老板娘，而应该开厂。开厂就可以生产跟别人不一样的发卡。在义乌，你有好东西是不愁卖的。一条通道的姐妹们分一分，几个货柜的货就没有了。

"开厂？"当我和后来的小强坐在墨尔本的咖啡厅里聊天时，我很好奇，"你哪里来的钱呢？"

"哈哈哈，樊老师，你把开工厂想得太高大上啦！我们就是小作坊，租个城中村的破院子就行。"

小强把自己的两个姐姐和村里的两三个小伙伴叫到了义乌。注册了公司，生产各种闪闪发亮的小发饰。

"非洲人和中东的人最喜欢'blingbling'（闪闪发光）的东西，我们几个女孩子把市场上的货拿来稍微改改款，就是一个新产品。只要有卖点，市场里就很快下货。而且后来还有网上商城：淘宝、环球资源、亚马逊……我们又不着急，能生产多少就卖多少。订单多了就招人，换地方。就这样一步一步走到今天。"

小强觉得做生意是件很容易的事，就是奶奶小时候教给她的一些道理：不骗人，不占别人便宜，说话算话。在义乌这样一个充满着商品和交易的地方，善良和诚信就是一种降维打击。

"我从东莞的老板和义乌的老板娘身上都学到很多。"小强还是笑眯眯地搅拌着咖啡说，"东莞的经历让我不怕吃苦。后来创业的时候也不觉得苦。再怎么样也不会干到睡着。义乌的老板娘花了太多的时间跟别人做一样的事，那些谈判、吹牛、攒货并不创造什么价值。有这个时间，不如多生产一些有用的东西。"

小强在创业三年后，把奶奶接到了义乌，后来父母和姐夫、外甥都一起搬到了义乌。她不但给大家都买了房子，还有了自己的工厂厂房和写字楼。唯一让奶奶操心的，是小强的婚事。这么多年过去了，她骨子里还是像个男孩子一样。虽然留了长发，也经常去学瑜伽，可就是练不出一点女人妩媚的味道。谈了几次恋爱，最后都处成了哥们儿。

"唉，谈恋爱要像挣钱一样简单就好了！"小强苦笑着说。

"你这么勇敢，不结婚也不要紧的。"我说。

"我也是这么想，可我奶奶不这么想。她八十岁了，说我不结婚她闭不了眼！我这次来墨尔本也是奶奶要求的，她说让我问问您，怎么才能嫁出去？我奶奶可信您了！"

"哈哈，奶奶要是知道我跟你说不结婚也没事，就再也不信我了！"我说，"哦，对了，你怎么知道偷焊条的事，是小芬诬陷你的？"

"她后来跟我说的！我办工厂的时候，有一次缺钱，就找她借。她问我能不能也来义乌一起干，我就让她也来了。她还是股东呢！"

"那，你不恨她吗？"

"嗨，这有啥恨的，那时候都是胆小的孩子。而且如果不是她陷害我，我也走不到今天啊！人的精力有限，高兴还来不及，为什么要恨？"

"你怎么想得那么开？"

"读你的书啊！哈哈哈！"

旅 途

五哥的哥哥，我们叫大哥。

大哥长着一张关中男人最普通的脸，八字形的传统发型贴在头上。他平时不爱说话，却有着一颗狂野的心。

大哥在咸阳开工厂，自己开一辆面包车。有一天下班，他迎着夕阳开车回家，突然想再开远一点，就一脚油门开出了城。

老婆打电话他没接。

开到下一座城市，他想不如再开远一点。

两周后，老婆终于打通电话的时候，大哥说："我在拉萨！你不用等我吃饭了。"

大哥在西藏，开着破面包车转了两个月，回到咸阳继续开厂，赚钱，跟什么都没发生过一样。

过了半年，他又一脚油门开到了云南，老婆都习惯了，说："那就不等你吃饭了！"

我第一次见大哥的时候，是他准备去俄罗斯，来北京采购。那个年代，没有手机翻译软件。大哥唯一精通的是陕普，英语都不会。但他带着一个快译通就出发了。

　　我问他："你想没想过去俄罗斯怎么生活？有没有危险？"

　　大哥说："没想过，去了再看。反正俄罗斯人也是人，在咸阳能做生意，在莫斯科也一样。"

　　我问他："为啥一定要去俄罗斯？"

　　他说："不为啥，就是想去看看。"

　　大哥在北京采购的东西基本来自"天意""万通"和"动物园"，在我看来都是卖不出去的便宜货。

　　塑料夹着的枫叶、筷子、书签、贺卡、小卡子、头绳、皮筋……他背着这么一大堆破烂，就坐火车去了俄罗斯。一逛，就是半年！半年后回来我们给他接风。大哥明显话多了，很兴奋地拿出手机给我们看照片：肤白貌美，比基尼大长腿。

　　他说："你们不去可惜了！开眼界开眼界！"

　　说这话的时候，大哥略带神秘又欲言又止的样子，让我们产生无限遐想。大哥玩了半年，还赚了不少钱。他背去的破烂很受欢迎，很快就卖光了。又倒腾中国白酒，一边旅游一边赚钱。

"俄罗斯人就是懒，爱喝酒，不爱挣钱。手里拎个酒瓶子，能坐一天，谝闲传，就是不爱挣钱。"

大哥不需要会说俄语，都在酒里了。

有一次他给了一个俄罗斯人一瓶二锅头，俄罗斯人直接把老婆推给他，吓得大哥赶紧跑了。

我们都说："跑没跑我们哪知道？！"

大哥说："跑了，跑了，咱不能胡整。"

大哥回国是进货来了，完了还要去。

"我打算去索契，俄罗斯只有这一个海边度假胜地。有钱人多，美女多。我打算再去住个半年。"

大哥这一去，又住了两年半，俄罗斯是彻底玩烦了。大哥的女儿考上了美国的大学，大哥说："我送你去！"

送完孩子，大哥顺便在美国流浪了一年。东海岸、西海岸、密西西比、芝加哥，一通乱跑。他住青年旅舍，和年轻人混在一起。回来后，我问大哥："对美国什么印象最深？"

他说："警察！美国警察威风得很！美国人也爱报警，一打电话，不到五分钟，警车、消防车、救护车，一块儿到！七八辆车把你一围，手里提着枪就上来咧！猛滴很！"

我说："你干啥了？让人家把你围咧！"

"我没干啥！我就是看热闹！成天都能看见！美国也没啥好的，也是乱糟糟！"

大哥一边吃羊肉泡馍，一边回忆乱糟糟的美国。

我问五哥："为啥大哥这么爱往外跑？"

五哥说不知道，他这个大哥啥都不怕，用陕西人的话说，叫："主意正得很！"

嫂子根本管不住，他这个做弟弟的也不敢说一个字。到了四十多岁的年纪，大哥一瞪眼睛他还是害怕。

五哥本来是个标准的成功人士。211大学毕业，在上市公司里面做高管。我认识五哥的时候，他正准备辞职创业，因为他发明了一个可以改变世界的新东西。

"樊，你知道吗，一个企业有多少营销费用被浪费了？公司给的促销费有多少能够真正到终端销售人员手里？促销的赠品有多少被中间环节偷走了？一个企业怎么才能知道终端的下货量每天是多少？窜货、防伪的问题有多头疼？！"

五哥慷慨激昂地给我这个门外汉普及知识。他们公司是卖药的，这些问题确实都是大难题。

"我发明了一个系统，可以轻松解决这些问题。给企业节省营销费用，准确掌握终端信息，假货、窜货无处藏身！"

五哥的情绪让我想起《疯狂的赛车》里陕西杀手对妹夫说："兄弟，机遇来咧！"

那时候没有二维码，所以企业信息化确实做得不好。很多大企业的销售队伍里，甚至有很多假名字吃空饷的。

五哥的创意是在每一盒药的包装里放一张刮刮卡，终端的店员负责拆包装，他们可以得到这张卡。发送卡上的密码到平台，就可以获得返点奖励。这样每天老板坐在办公室里，就可以在屏幕上看到每一个地方卖掉的每一盒药。

"这个功能强大不强大？是不是颠覆了？！"五哥越说越激动。

"企业驾驶舱！"我脱口而出。

"对！就是企业驾驶舱！樊，你真有才！我宣布，这个产品的名字就叫企业驾驶舱！"

五哥满怀信心卖了北京的房子，开车搬去了上海，在浦东开始创业。

我那时候没事做，就经常跟他跑客户。主要是五哥一激动就容易讲不清楚产品的功能，只会说："这是个很颠覆的技术！确实很颠覆！"我讲得比较清楚，还帮他搞定了几个大客户。

有一天在石家庄，我们谈完了客户，在火车站买票的时候，五哥接了个电话，突然脸色大变，跟我说了句："我爸不行了！我得回咸阳！"说完就哭了起来，难过得像个孩子。

父亲去世后，五哥很久都走不出来。经常梦到父亲，写了很多东西纪念父亲。公司的业务也越来越难做了。很多药厂用了一段时间的"企业驾驶舱"，觉得这个并不是高科技，花点钱找个程序员就自己做了。还有人说"企业驾驶舱"会导致公司数据流失，有很高的风险。

我帮五哥谈的那个大客户领导被调走了，签了合同尾款收不回来。员工一点一点遣散，三间办公室只剩下了五哥和技术总监两个人。

又坚持了两年，技术总监说："哥，不行了，我得养家。要不我找个工作，你这里有需要我业余时间帮你干。"

五哥的公司只剩下了他自己和一堆收不回来的欠款。全家的吃喝拉撒学全靠五嫂上班养着。五哥自己挣扎了一段时间，打官司、跑客户、送礼喝酒，直到他发现现在的企业信息化他已经看不懂了。

创业是很残酷的，几年时间，就能把你淘汰得无影无踪。五哥试着投了几份简历，都没什么下文。五十岁的人了，又做过企业高管，这时候找工作是自取其辱。

"算了！"五哥把公司彻底关了。用最后一笔要回来的钱，买了一辆最便宜的房车。

"人生啊，最美好的事，就是开着房车，想去哪儿就去哪儿！这就是我的人生理想！什么马云、马化腾，肯定都比我累！"

五哥开着房车，绕着中国跑了半年。估计是房车质量太差，半年后就卖了。

沉寂了一段时间，五哥突然宣布，他要坐帆船去日本。我有点蒙：这个年代，还有人坐帆船出国？而且五哥一个关中汉子，怎么会驾船？

原来是有个冒险家要驾帆船出海，可以带两个人。五哥二话不说就参加了。

"你没想过害怕吗？大海上，万一出点事，往哪儿游都不知道！"我一贯是保守的。

五哥说："你听过那个笑话吗？有人问一个水手：'你的父亲死在哪里？''海上。'水手说。'那你的爷爷死在哪里？''海上。'水手说。'那你不知道害怕吗？'水手问这个人：'请问您的父亲死在哪里？''床上。''那您的爷爷死在哪里？''床上。''您为什么不害怕？'"

五哥讲完哈哈大笑，说："樊，人死哪儿都一样！"

三个月后，我看到五哥被日本海上自卫队遣送回来的消息。五哥实现了自己的抗日情结，和"日本鬼子"正面对抗了一会儿。在海上漂荡三个月所带来的兴奋感消失之后，五哥又出发了，这次他的目标是菲律宾锡基霍尔岛。

　　我总觉得五哥已经没钱了，可这倔强的中年人总能搞出来几十万，在锡基霍尔岛买了一片沙滩，起了个名字叫"果冻海读书驿站"，盖了几间房，雇了几个菲律宾人，开起了民宿。没有疫情的时候，五哥生活得还是挺惬意的，每天对着蓝得令人发指的大海写书法，抄《金刚经》，用陕西话骂菲律宾人，用英语指挥他们干活。

　　菲人确实懒，但脾气好。不管干活有多慢，一口一个"boss"，把五哥叫得很有感觉。最高光的时候，五哥去见了岛上的最高领导，商量引入中资，开发岛上的燕窝和旅游资源的事。每天的生意也很好，外国人中国人都有。大家喝着啤酒，吃着五哥做的油泼面，看大海。喝高兴了，从悬崖上纵身一跳，就扎进了清澈的海里。海龟、石斑鱼，用手就能抓上来。海鲜比油泼面便宜。最盈利的项目是漂在海上的"小马宝莉"救生圈，老外们喜欢租了躺上去在海上漂着晒太阳。一个月能有十几万元人民币的收入。

就在我都准备去锡基霍尔岛买一块沙滩的时候，疫情来了，游客全没了，而且菲律宾没有什么防疫措施。五哥一开始为了表示中方坚定的投资决心，还买了一大批大米，给岛上的孤寡老人一人送了一袋。后来看到岛上生病的人多了起来，也只好抛下这些年置办的产业和"小马宝莉"救生圈，带着五嫂逃亡了。

回国哪有那么容易？他们先是到了迪拜，测核酸，隔离，逛一逛，又去了埃及。测核酸、隔离，逛一逛，又去了土耳其。

后来五哥和五嫂商量：干脆不回了，环球旅行吧！他们就放弃了回国的奢望，打开世界地图开始规划路线。真的，除了欧洲、美国、日本这些富裕国家，他们把能去的非典型旅游目的地都去了一遍，包括战火燃烧前的乌克兰。

五哥详细调研了乌克兰人民的收入状况，表示跟咱们躺平了啥也不干也差不多。还去基辅的古董店淘换中国文物。在当地认识了很多中国人，这些人后来都出现在难民队伍中。漂泊大半年之后，五哥五嫂终于回到中国，测核酸，隔离，再隔离，转运，再隔离。他们终于呼吸到了上海自由的空气。

五哥在上海待不住，飞回咸阳陪老娘。每天抄《金刚经》，给大家讲环球旅行的见闻。可惜爱听的人不多，一是五哥口才一般，讲起来总是夹杂着大量的感叹词和侮辱性词汇，二是大家都在国内憋得哪儿也去不了，谁愿意听国外的见闻？又不是清末，谁也没见过世面。

　　五哥闲得无聊，家里待不住，也不知道该做什么。只能一遍一遍抄《金刚经》，发朋友圈。

　　突然有一天，五哥给我打电话，说："樊，我读佛经有很多感悟。"

　　"啥感悟？"我还挺好奇的。

　　"我觉得人们生活得太可怜了！每天忙忙叨叨的，就为了赚点钱，太没意思了！外面的世界那么大，那么好，大家都不去看看。太可惜了！"五哥说。

　　"这是佛经上哪段给你的启发？"我笑着问。

　　"具体哪段也不好说，总之就是要放下！日子不能这么过！应该抓紧时间出去走走！"

　　"你不让人执着于赚钱，你自己却要执着于走走，恐怕都不是平常心吧！"我说。

　　五哥一愣，可能觉得说不过我，就说："我有个计划！打算骑马绕中国一圈！作为一个中国人，连自己的国家都没有绕过一圈，算什么中国人！"

"啊？不绕一圈不是中国人？还要骑马？"我心里说，"你疯了吧！"

　　五哥说："我已经在准备买马了！也在拉赞助，你要愿意赞助也可以，五万就行！"

　　我说："我不愿意！凭什么你去玩还要我埋单？而且你骑着马到处乱跑，万一出了事五嫂跟我要人咧！"

　　我半开玩笑半是认真。其实我知道，五哥哪里都可以去，就是不能在家待着。他不是在寻找，而是在逃避。他渴望过上成为马云、马化腾后的中年生活，但当一切希望落空的时候，他又鄙视他们，希望可以成为与他们完全相反的人。

　　五哥终究没有骑马绕中国，而是选择了在自媒体讲《金刚经》。无论老幼，扫码付费都可以听五哥直播讲《金刚经》。每次讲完课，五哥还要照例介绍一下他的藏红花茶和藏红花酒。人总是要生活的，不是读了《金刚经》就可以不吃饭了。

　　有一天我和五哥聊起大哥，问他："大哥最近去哪里浪了？"

　　五哥说大哥现在不到处浪了，在上海创业做粘鼠板，做得风生水起。

我很难想象做粘鼠板风生水起的样子，就问他："大哥是怎么做的？"

　　"大哥的粘鼠板质量是很好的，但需要有人涂胶水，有人递板子。后来涂胶水的工人要求加薪，态度还很强硬，大哥就把他开除了。然后拆了几个喷墨打印机，研究喷墨的原理，自己做了一个自动喷胶的设备，实现了自动化。后来递板子的小孩也想加工资，大哥就把他也开了。拆了几个自行车，加上电动马达做了一个自动递板子的机器人，实现了完全的自动化。"

　　我听得目瞪口呆："大哥学啥的？这么厉害！"

　　"大哥是技工出身，动手能力一直比我强！"五哥说，"后来大哥带着粘鼠板去参加博览会，介绍产品的时候好多人都看上了自动化的设备。人家现在做'B2B'的生意了！卖一套设备几十万！谁能想到，粘鼠板的市场很大！还是个耗材，一个用户的终身价值极大……"

　　我在想，是什么让一个人总想走得很远很远？又是什么才能让一个人停下脚步？不知道《金刚经》能否像大哥的粘鼠板一样，让五哥安住当下，他的下一次旅途又将去往何方？

屠 龙

　　至少十年前了，反正那时候还没有手机叫车的功能。从西安机场出来，我只能老老实实排队等出租车。那是一个冬天的傍晚，车窗外一片萧瑟的黄土，景色单调，适合怀旧。很难得，这辆车没有复杂又丑陋的司机护栏，我坐在后座还比较宽敞。司机是个黝黑胖大的男人，两只手像沙包一样裹着细细的方向盘。脖子后面的富贵包一层一层，让人不太敢搭讪。

　　我无聊地望着窗外，盘算着待会到了城里是不是先吃一碗热腾腾的羊肉泡馍。出了机场，我就发现司机从后视镜里一个劲地瞄我。那时候没人认识我，所以连续好几次的偷瞄让我很警觉。我连忙确认了一下车号和服务卡，司机叫张大军，是辆合规的出租车。

　　司机大概是发现了我的不适，不再抬眼偷看我。过了汉阳陵，路上的车多了起来，突然，我听到司机说：

"你是姓樊吧？"

我一愣，说："对啊！"

"你是先进小学毕业的吧？"

我更惊讶了，说："是啊！你咋知道？"

司机冲着后视镜笑了一下，说："是我，张军！"

"啊？！"我连忙故作热情，脑子里快速搜索小学同学的样子。三十年的时间，任你是什么样的小鲜肉都得风干了。

"你忘了，咱俩一起打过架！你的手让隔壁班的人抠破了，你用红领巾缠着手把他鼻血打出来了！"他一边用陕西话说着一边憨憨地笑。

"我想起来了！你家住在学校背后的城墙根底下！特别爱打架！"我是真的想起来了，因为我很少跟人打架，唯一拼了命的一次就是和张军一起为我们班的女生出气。

张军的爸爸是个复转军人，打孩子下死手，据说曾经把他吊在树上放狗咬。所以张军在学校就很厉害，没人敢惹。但他并不欺负人，只是脾气很暴躁，摸不准什么时候就爆发了。我是他为数不多的朋友，因为我喜欢给人讲题，他觉得我人不错。

那次打架，是他看不惯隔壁班的男生骚扰我们班的女同学，先动的手。隔壁班的人多，围着他打。我不知

60

道哪来的勇气，冲进了战团。红领巾缠手这样的细节我记不住了，只记得被老师罚站一下午。

我们小学毕业后就各奔东西了。那时候连个座机电话都没有，拍完毕业照说句再见，可能就是一辈子再也不见了。

我很没有创意地上中学，上大学，读研究生，在大学当老师。这次回西安就是来走穴讲课。遇到自己的同学开出租车其实有点尴尬，关于过去问还是不问，是个问题。

犹豫了一下，我竟然问出了一个琼瑶剧里的问句："你这些年过得怎么样？"

他又抬头看了我一眼，说："还能咋样？开车么，养家糊口。"

"你……没上大学？"我觉得自己真是不会聊天。

"上了！军校，退学咧！"

"啊？你跟人打架了？！"

"嗯，夜市上跟人打架，一拳把校长的儿子打瞎了。开除军籍党籍，回家了。"

"唉，何必呢，你这个脾气！能考上大学也不容易呀！"

"我考不上大学，保送的。"张军的倾诉欲似乎被我的惊讶打开了，一边开车一边给我讲着他的故事。

他酷爱打架，中学阶段看了很多武打片和黑帮片。高中毕业，家里没办法，就送去参了军。因为身体素质特别好，又特别能吃苦，他被选入了特种兵训练。会开火车，开坦克，还会手枪、狙击枪、匕首、潜水、野外生存……都是顶尖高手。

"你知道我们野外生存咋训练？"

我说不知道。

他撸起一边袖子给我看，一条长长的疤："这是我自己割下来的。"

"自己割下来干啥？"我凑近了看那道疤。

"还能干啥？嘿嘿！"他没明说，我也不敢再问。

训练到后期，张军科科优秀，团里说要搞个演习，团长模拟首长，张军他们负责保护首长。

"枪响了，我第一反应是拔枪还击。我一个伙计一下把团长扑在身下，团长的牙都磕掉了。人家选上了，我没有。"

"选上啥了？"我没听懂。

张军用手指了指上面，没有说话。我突然意识到了："你本来是李连杰的角色啊！"我都跟着兴奋了起来。

部队对他们也不错，没选上的保送了军校，如果能顺利毕业就是军官了。可惜。

回到家里以后没有工作，也没有文凭。他擅长的东西一样也用不上。他老爸喝酒加上生气，过世了。他因为年轻帅气倒是谈了个女朋友。有一天和女朋友相约去逛解放路，他在民乐园吃凉皮，女朋友一身水哭着来了。原来是"小香港"娱乐城的人朝外泼水，溅到了女孩身上，女孩嚷嚷了两句，对方直接端了一盆水泼了过来。

　　张军拿了块砖回去把娱乐城的玻璃砸了，说："我在前头吃凉皮，你们叫上人来找我。"

　　他毫不在意地低头吃凉皮，突然几把刀就砍在了他的脑袋上。

　　"那伙人肯定是会打架的，拿刀直接砍头皮。砍头皮血流得吓人，但是出不了人命。中学生打架最危险，拿刀胡戳，动不动就要命。"

　　来了七八个人，拿着刀砍他。他脑袋上流着血，但还是笑了。一拳一个，全都打骨折了。"打完我才想起来说不定要赔钱，这下完蛋了。"

　　没想到被打的一群人没有要赔偿，娱乐城老板听说有这么能打的一个人，反而来了个三顾茅庐。给他开一个月一万块，让他当保镖兼看场子。

　　"那段时间乱，成天都有打架闹事的。我也确实没工作，就去上班了。"张军笑了笑，说，"本来以为自己能在 1997 年去趟香港的，没想到进了'小香港'。回归那天我在酒吧里看见我的战友，就在电视里。"

张军在圈子里打出了名声，还有很多人出高价挖他。有人问他："在哪里学的功夫，这么厉害？"他从不说参军的事情，只告诉别人是在武校练的。

"说出来觉得丢部队的脸，我学的是高级的东西，用来打这伙屄，唉！"

"所以，你是混黑社会了？"我小心翼翼地问。

"混啥社会，都是混口饭吃。那时候年轻，成天打打杀杀，反正老板会摆平。他从不让我进去。"

"那你咋开上出租车的？"我试图用问题把他引回到人生的正途上。

"我跟这些人不一样。"张军很认真地说，"我不愿意欺负人，也不想挣太多钱。有个老板说给我一年一百万，让我帮他贩毒。我理都没理。后来他让人威胁我，到我家门口堵我。我把这伙人打了，又直接打到他的场子里把刀架在他脖子上。说你要再敢惹我和我家人，我绝对要你的命！"他淡淡地说这几句话，我脑海里跑过了一整部《和平饭店》。

"我结婚有了娃以后，觉得不能再干了。过去没娃，打架不犹豫，因为心里没牵挂。后来有了娃，是个女儿，每天在场子里混的时候就想回家。很害怕等孩子长大，她要上了小学，人家问她爸是干啥的，娃咋说？说我爸在娱乐城看场子？而且万一哪天这伙人威胁我女儿，那我肯定要拼命的。那段时间天天想这件事，夜里睡不着。后来跟我老婆商量，就不干了。"张军说着说着长出了一口气。

"那，老板能同意吗？一般金盆洗手不是都很难么？"我脑海里还是港片的节奏。

"我这个老板还行，同意我辞职，还给了我两万块钱红包，就是让我不要去竞争对手家看场子。后来这个老板因为扫黑除恶进去了。我要没出来估计也进去了，多亏了我女儿。"

回家以后，张军试着做过生意，卖过胡辣汤，都不行。

"我只会打架。年轻的时候觉得能打特别猛，牛皮得很，一次能做一千个俯卧撑，打沙袋练擒拿从来不觉得苦。觉得谁也打不过我，谁也没我厉害。后来卖胡辣汤，连个城管队员都能指着我鼻子骂。胡辣汤稀一点稠一点顾客都跟你唠叨。我一个手就能提起一桶胡辣汤，但是没用，生意干不来。有一次城管不让我在路边摆摊，要收我的摊。我把拳头攥了几次，最后还是算了，不弄了！"

"你不是没办法，是你的办法杀伤力太大。"我试着安慰他。

"我后来想想确实是我没用，学的这些东西害了我。除了打人杀人，没有合法的用处，但是还让我瞧不上别人。有时候看到那些做生意的，有一点钱就把他得意的，我就想，这人恐怕挨不了我一拳。我懒得求他们，不想跟他们一样算计，不想给城管工商赔笑脸。唉，我是被这点东西害了。后来就越来越胖，大概是我的身体也不想让人看出来我当过兵吧。"

他说得深刻，我也陷入了沉默。

"开车也好，不用心烦。"我安慰他。

"嗯，我也只能开出租了。前些年抢出租车的案子多，开的人少了，我老婆托人给我找了一辆。他们让我装护栏，我这么胖，装了护栏坐都坐不进来。干脆我就不装了，要遇上个抢车的也好。我要抓住一个公安局说不定还有奖励。"他自己说着都笑了，补充了一句，"老了老了，还是爱打架。"

"遇到过吗？"我好奇地问。

"没有。真怪，我专门开夜班，把零钱就放在显眼的地方，没有一个人抢我！这社会治安也太好了！"

我俩哈哈大笑，仿佛遇到强盗是一件很有趣的事。

　　我说："你还是要小心一点，有些家伙下手很黑，没有轻重的。"

　　"我知道，"他说，"遇上了也就遇上了，都是命。"

　　车平稳地到了我住的饭店，我说："吃个烤肉吧！"

　　他说："不咧，晚上还跑活呢。在车上咱俩能谝，下了车咱就是两个世界的人了。"

　　我没话说，只好说："那留个电话吧！以后有机会再谝。"

　　他说："不用了，你今儿晚上一听一忘就对了。你不用找我，我也没事找你。你好好当你的教授，我好好开我的车。"

　　说完，张军一脚油门开走了。我站在酒店门口看着他远去，拐弯，消失不见，像是从一场梦中醒来。

　　有本书上说，人生是一个非常复杂的混沌状态，初始状态的细微差别将引起结果的巨大不同。落基山脉顶上的两滴雨水，滴在山峰的分界线上，一滴会流入太平洋，一滴会流入大西洋，而它们之前可能亲如兄弟。

篮 球

　　早上 7 点，一个穿着科比球衣的青年在练习投篮。

　　空旷的室内球场上，篮球入筐和落地的声音显得非常响亮。这时，一个穿着旧皮夹克的男人推门进来，边走边向青年问："是你叫的跑腿？"

　　"哦，是的！"青年停下手中的运球，笑着说，"我早上一个人练球，想找个人帮我捡球，突发奇想发了个跑腿的单子，没想到真有人接！"

　　男人也笑了笑："接，当然接！都是跑腿。你就投吧，我给你捡。"

　　青年很有礼貌："我会按时间给您付费，等我朋友来了就不用捡了。您就在底线附近跑就行。您贵姓？"

　　"免贵，我姓王。"

　　"哦，王师傅！"

　　年轻人开始投篮，他在练习三分急停跳投，脚底发出剧烈的橡胶摩擦声。老王捡球的工作量并不大，因为青年的命中率很高。老王捡到球，很自然地向前踏一步，顺势把球有力地传给三分线外的科比。

科比突然停下来，说："您会打球啊！"

"嗨，小时候也瞎打过，二十年没碰球了。"

"不对，您可不是瞎打，我看您传球这姿势和力度，您很专业！"

"在学校的时候打过校队，不专业。我们那时候都在室外打，没打过这么好的场地。"老王说着不自觉地走进了场地。

"来，投一个！"科比把球传给老王。

老王很不适应地运了几下球，真皮球的手感真好。他来到罚球线，运了五下球，把球举到面前停顿了一下，抬手投了出去。

"唰！"球只打到了篮网。

老王赶紧跑过去捡球，嘴里说："不行了，不行了，三不沾！"

科比说："您这罚球是跟姚明学的呀！运球，停顿，出手！一块儿投吧，您也找找感觉！"

老王连忙摆手，说："我就是跑腿，别耽误了你训练的节奏。你抓紧练吧！我待会还得接单呢！"科比也就不再客气，继续投入地投篮，跑位。

老王其实酷爱篮球，那曾经是他的命。他是看着乔丹、马龙、拉里·伯德打球长大的。中学的时候天天泡在球场上，为了打球没少跟父亲争执。父亲最常说的一句话是："篮球不能当饭吃！你这个水平不可能走专业，纯粹是浪费时间！"

老王还算争气，考上了一所不错的大学，学机械设计。大学是篮球的天堂，再也不用偷偷摸摸了。每天下午4点以后，老王和他的队友们就在操场上打球。一个操场几十个篮球架，老王他们这块半场周围总是围满了人。全校打得最有观赏性的球员都在这里，很多女生拿着饭盆也围在旁边观战。那时候没有科比球衣和乔丹鞋，只有跨栏背心和回力双星鞋，但是火热的青春和激情的上篮是一样的。

2000年，老王毕业后被分配到北京的一家设计院，工作是设计大吊车。一开始，工作之余还可以打打球，但后来当了个小头目，下了班还要应酬客户，再加上结了婚有了孩子，就再也没有打过篮球了。

每次路过东单的篮球场，老王都会尽量地多看几眼。尤其是看到有人空刷入网，老王就会觉得特别兴奋。

2010 年前后，设计院的生意不行了。大吊车设计的单子大量萎缩，好像都被什么人工智能和三维打印的高科技方法取代了。老王他们这几年没有进步，就被市场淘汰了。

　　老王跟老婆商量，干脆买断工龄，重新找工作吧。对口的工作几乎没有，老王也不爱干。他应聘到了一家财富管理公司做销售。一开始还挺好干的，就在小区门口发传单，年息百分之十五卖理财。后来就涨到百分之二十五、百分之三十，那时候觉得赚钱真容易。老王他们都把钱放在公司里理财。老板说："太高了不敢说，百分之十五的资金成本稳稳的！"

　　2016 年前后，公司给出的利息越来越高，老板说可以优先卖给骨干员工。年化收益率百分之四十！老王想搏一把，一是利息很高，确实划算。二是在老板最需要的时候支持一把，对以后的发展也好。他背着老婆把家里唯一的房子抵押了两百万元，借给了公司。领了两个月的月息之后老板就联系不上了。上门来闹事的客户要砸公司，老王还被公安叫去问话。问完话，把老王列在了受害群众的名单里。那段时间老王的精神是崩溃的，银行要求他们搬家，因为在抵押的时候他签了"有地方可以住"的承诺书，所以这套房子银行可以收回拍卖。

银行的人上门的时候妻子才知道，她当时大着肚子。老王没脸面对妻子，妻子说："不是你一个人贪心，我知道你只是想多挣钱。"他们搬到了郊区租来的小房子，儿子也转学到了郊区。银行拍卖了房子还富余五六十万元，成了他们重新开始的积蓄。妻子说："这个钱咱不能动。要预备着老人生病，还有孩子上学。你得给咱挣奶粉钱。"

老王这个时候已经快四十岁了。大学学的东西基本没用了，几年的财富管理工作都不敢跟人提，所以找工作特别困难。后来老王索性就不写简历了，也不提自己上过大学的事儿了。这个社会默认，四十岁的中年人，受过良好的高等教育，如果还要自己找工作，肯定是自己有问题。老王懒得解释，也没得解释。他卖过保险，卖过二手车，卖过二手房。他总想通过销售翻身，但销售工作最大的问题就是收入不稳定。有时候有奖金，有时候连底薪都没有。而家里的支出是稳定而刚性的。老大的餐费、交通费、校服、课外班；老二的奶粉钱、尿布钱、早教玩具；每个月的房租、水电、通信、宽带；每年的物业费、暖气费……

他和妻子的支出已经压到了最低。妻子在家带娃，基本不买衣服不化妆。他每天出门除了交通费和中午一碗面之外，基本不花钱。家里的老人有时候想来看孙子，一想到来回的交通费，能不来就不让来了。老王需要有稳定收入的工作。他辞去了销售的工作，开始做代驾、开专车、送外卖。这些工作都太耗体力，代驾要熬夜，专车不赚钱，外卖的单子砸得人喘不过气。

今年老王开始做跑腿业务。没有外卖那么紧张，只要服务态度好，还经常有人打赏小费。一开始拿到小费的时候老王还感慨过，这算不算"嗟来之食"？后来慢慢习惯了，觉得也挺好。一个月运气好的话，收入都有七八千，妻子在家还兼职做微商，也有几千块收入。日子就这样捉襟见肘地过着，老王最怕的是生病。他如果跑不动了，家里的现金流就要断了。巨大的生活压力让老王开始脱发、失眠，脾气也逐渐大了起来。

儿子是很懂事的，很少有过分的需求。上初二以后开始长个子，也爱打篮球。一双匹克每天穿，鞋底的花纹都快没有了。这学期初老王说："如果你今年能进步五名，爸爸给你买双新球鞋！"

儿子特别高兴，这一学期都在认真学习。昨天晚上成绩出来了，进步了十几名。儿子说想要一双"东契奇"联名款，要六百多元。老王知道儿子喜欢东契奇，但是突然六百多的支出让他习惯性地升起一股火。

"你知道我跑一个单子挣多少钱？你妈卖一盒面膜赚多少钱？你张口就六百，你给这个家做过什么贡献？我跑腿都不嫌丢脸，你穿双旧鞋就嫌丢脸了？"

儿子哭了，半大小子用变声期的声音嘶吼着："是你说要给我买鞋的！我没要！我这个学期这么努力，我以为你会高兴！我真的已经很努力了，我也不怕别人笑话！我不要鞋了！我也不打篮球了！"

后来儿子在屋里哭着睡着了，妻子说："老大挺懂事的，午餐给他的钱他每个月都能省一些，孩子确实没有乱花钱。你也不容易，太累了。"老王去给儿子盖被子，看到儿子眼睛底下还挂着两滴大大的眼泪。老王想，好赖要给儿子把"东契奇"给买了。

看着眼前的科比，老王想：这人的命就是不一样啊！同样是爱打篮球的年轻人，人家全套装备，正版球衣、明星球鞋，还可以包下一个室内球场打球。唉！都怪自己无能啊！不能让儿子成为"富二代"，连一双六百块的球鞋都买不起……

正想着，球场的大门打开了，进来了五六个时尚的年轻人，都穿着宽大的运动外套，背着运动桶包。老王一看来了人，就赶紧跟科比说："您朋友来了，我这单就算结束了，您给点个好评吧！"

科比说："不着急！"转头跟来的人说："这是王师傅，我请的外援！"

小伙子们哄笑，说："你这外援怎么还穿着皮夹克呀！"

老王忙说："我是跑腿，帮着捡球的。"

有个高个青年边脱外套边说："哟，张总你够奢的呀！自己个儿投篮还要叫个捡球的！您别走，让张总加钟，我们也要享受一下有人捡球的服务！"

科比数了数来的人，加上他一共六个，但有一个女生在摆弄摄影机。他对老王说："王师傅，您别走了，来跟我们打个3V3吧，正好缺一人。您放心，一小时付您一百。"

老王本来有点尴尬，一听说一小时一百，就说："平台的规矩，超过十五分钟就算一小时啊！"

科比笑笑说："没问题。"

新来的几个年轻人都是二十出头的样子，大高个儿穿着詹姆斯的球衣，爆炸头的小个子穿着保罗，还有一个中等身材的瘦瘦的小伙子穿着库里，剩下一个很壮的胖子穿着哈登。老王脱掉了皮夹克和毛衣，露出送外卖时留下的黄色短袖。

大家又笑，詹姆斯说："这位外援，这样啊，您进一个，我加一百！"

　　老王心里有点不舒服，但想想都是年轻人，就不计较了。

　　科比说："别赌钱，不像话。咱这样，哪个队输了，给赢的队一人一双鞋怎么样？"

　　扭头对老王说："您不用给，输了算我的。"

　　老王的心跳了一下，想到了儿子的眼泪。

　　老王过去打球很猛，小前锋，跑得快，能突能投。代表学院的球队在全县比赛中进过前四。二十年没有摸过球，再加上还穿着秋裤，确实影响发挥。但一想到能赚一双球鞋，也就拼了。科比、哈登和老王一拨儿，詹姆斯、库里、保罗一拨儿。二十一分制。

　　小姑娘在旁边转着圈拍摄。一开球老王就发现这群小伙子打得不错，基本上不能放空，只要不干扰，命中率很高。詹姆斯和科比对位，库里和哈登对位，老王被保罗盯着。几个球下来，老王就有点喘。保罗突破他上篮成功一次。老王也完成了一个很有水准的助攻。

　　老王的感觉逐渐回来了，他一个假动作把保罗差点晃倒，后撤步中投，两分。球场上响起一阵嘘声和赞叹声。詹姆斯说："你被大叔晃倒了！行不行啊！"

保罗说:"没倒,地板滑了!"

紧接着在篮下,老王把保罗倚在身后,伸手接了队友的传球,背身朝篮板一抛,打板进筐。这是老一辈的打法,篮下无死角投篮。现在的孩子们都太喜欢三分球、欧洲步这些新东西,对老的技术不熟悉。

詹姆斯一看比分落后了,有点急,说:"我来防他。"

詹姆斯一米九几的个头,比老王高了一头还多,身材又健壮。老王在篮下没有优势了,反而是詹姆斯在老王头上连得四分。詹姆斯又想强吃内线,科比在篮下协防,老王夹击,从詹姆斯手里把球掏了出来。出了三分线,老王传球给哈登,哈登突破吸引了两个防守队员。突然分球给空位上的老王。老王举手要射,詹姆斯像一座山一样压了过来。没想到老王是假动作,晃过了起跳的詹姆斯,一个漂亮的三步上篮,球进了。连拍摄的小姑娘都喊了声:"好球!"

比分十九比十八,老王他们领先。只要再进一个两分,儿子的球鞋就有啦!

老王隐约觉得今天是个幸运日,当年那个在球场上不知道累的少年似乎又回来了。最后一个球,科比示意队友拉开,他运球单打詹姆斯。老王和保罗纠缠着争抢位置。科比顶着詹姆斯转身跳投,球弹筐而出。老王卡位很准，拿到篮板准备补篮。詹姆斯突然从斜刺里飞出给了个钉板大帽。

"干扰球！"哈登喊道。

"哪有！"詹姆斯回吼。

老王一看对方有点急眼了，连忙说："好帽好帽！"

球在对方手里，继续。外线的库里愣了一下，说："继续？"

"继续，你没篮儿！"

库里一看没人防，就抖了抖肩膀，出手三分。只有老王扑了过去，这可是一双鞋啊！但毕竟老王离得太远，球应声入网！

年轻人们嘻嘻哈哈地结束了战斗，在他们看来一个平时不怎么准的哥们今天投中了一个绝杀。他们相互打趣着，回顾刚才的精彩进球。科比看到老王怅然若失地在场边一层层地穿衣服，过来递了瓶水安慰他说："鞋的事您不用管，我给您按三小时算。您要愿意就留下来接着打。"

老王苦笑了一下，说："谢谢啦！我还得接单呢。平台发现我长时间不接单会扣分的。"

"加个微信吧！下次有事我直接找您！"詹姆斯也走过来说，"大叔打得不错，这脚步！"

老王倒不讨厌这些年轻人，只是想赶紧离开，就加了微信，离开了。

时间过去了一周。有一天老王在接单的时候，客户突然一愣，说："你是王师傅？"

老王说："我是姓王。"

"你是会打篮球的王师傅？！哇，名人啊！"

老王被说得一头雾水。客户拿出手机，打开一个短视频平台，说："你看，你和街球弟打球的视频可火啦！"

视频里老王穿着外卖工装和笨拙的长裤，晃飞了詹姆斯，慢镜头上篮，还配着励志的神曲做背景音乐。视频的标题叫"70后的篮球梦想"。结束的时候，屏幕上写着："他的名字叫王师傅！"

老王有点发蒙，嘴里念叨着："这帮孩子，这帮孩子。"

这一天老王跑腿都有点心不在焉，他不知道该怎么处理这件事。对方这样算不算侵权？被公司领导看到的话会不会扣分？要不要让他们把视频删了？

回家的路上，老王的微信突然收到一笔转账，两万块，是科比，他的微信名叫"张总"。老王数了好几次零，才敢确定是两万块。毕竟平时收到的小费都是十块八块的，最多也就是一百块。他没敢点接收，而是给科比把电话拨了过去。

"看到您的视频了吗？"科比不等老王说话就问，"您太帅啦！"

老王见对方这么高兴，也不好问侵权的事，嘴里咕哝着："挺好！唉，张总，这钱是怎么回事？那天已经给我三百块了！"

"这是您的劳务费啊，您当出场费也行！这条视频爆了，我们打算请您来接着打，咱们给您打造一个'70后跑腿大叔爱打篮球'的励志人设？"

"啊？我，没时间吧，我还得跑腿接单呢……"

"啊对，您继续跑腿，这是您的人设。我们让摄影师跟拍，每个礼拜跑两三单就够了。剩下的时间来球馆，打球。"

"你们这是要把我打造成网红啊？"老王平时也刷点手机。

"不用打造啊，您已经是网红啦！我们几个平时打球播放量也就百万，您这几条，都过千万了！'快闪跑腿'已经找过来了，说只要您穿他们的工服打球，一条过千万的视频给二十万。"

"二……二十万？不会是骗子吧？小张，呃，张总，我可被骗过，太大的利润不可信！"

"哈哈哈，王师傅，您放心吧！我还嫌他报价低呢！您将来这出场费，打一场球至少三十。"

"三十还行，这比较合理。"

"我说的是三十万，您以为三十块哪？这么跟您说吧，您现在是跑腿届的有钱人啦！不说了，钱您收着，明天球馆见！"

老王是飘着回到家的。张总这小伙子看起来不错，不像是骗子，但这话说得也确实太玄乎了，挣钱哪有那么容易？可手机里这两万块钱也是真的，他刚刚还专门查询了余额，真的到账了。还是跟老婆商量商量吧！

老婆孩子都很支持老王继续打球，尤其是儿子，说："街球弟很厉害的！他们有几百万粉丝呢！老爸你要出道啦！"

"出道？我还出家呢！"

妻子说："试试呗，反正也不会吃啥亏。你这跑腿的工作啥时候都能再找。万一是真的呢？我听说网红赚钱特别厉害！"

老王觉得妻子说得对，那几个孩子看起来嘻嘻哈哈，但确实不像是骗子。

老王穿上了"快闪跑腿"的工服，成了街球弟里年纪最大的一员，网上人称"王师傅"。他仿佛回到了中学无忧无虑打篮球的时代，他们打球、斗嘴、拍段子、拍励志故事，每次都有很多人观看点赞。球鞋、装备、水壶、衣服都有人赞助。

　　第一个月，老王跑了五单跑腿，赚了五十三万元！老王不觉得打球是工作，他喜欢用跑腿来算。

　　"五单五十万，我这跑一单十万啊！"老王回家跟妻子嘚瑟。他们租了更大的房子，把孩子转回了城里上学。把老人接到北京，和他们住在一起。

　　老王的爸爸老老王问儿子："你现在做什么工作赚钱呢？"

　　"打篮球！"

　　"哎，篮球可不能当饭吃！"

梅 姨

梅姨比我大不了几岁，是我最小的长辈。

她的哥哥姐姐都不让人省心，小时候经常打架吵嘴，梅姨总是很乖巧地依偎在大人身边。她长得漂亮，眼睛很大，身材娇小，脾气很好，跟我这一辈的孩子们整天玩在一起。没见过她和谁吵过架红过脸。家里的老人也疼爱她，毕竟是最小的女儿。

高中毕业，梅姨接了父母的班，在街道工厂工作了一段时间。因为收入太低了，就提前办了停薪留职，说是退了休能有一点退休金。

很快，梅姨谈了恋爱，经常给我们拿回来一些很少见到的零食和玩具。大概是追求者献殷勤送的。我第一次听说自助餐和咖啡厅就是梅姨告诉我的。那时我觉得她肯定过得无忧无虑，每天化妆打扮谈恋爱，追她的男人好像很有钱，对她也很好。

一个人的青春很短暂，但一定是人生最美好的时光。梅姨的美好青春在恋爱中开始，在结婚后结束。

　　我们都以为梅姨这辈子大概是不会吃苦的了，小时家里疼，婚后老公疼，她瘦弱的肩膀怎么看也不像要扛事的样子。谁知道那男人并不像看上去那么有钱，只是大方罢了。虽然的确在做生意，但其实也相当不容易。好在对梅姨的感情是真的，梅姨哭过两次，最后还是决定一起努力把日子过好吧。

　　男人做生意，却不善于收款。有一年冬天，快过年了，家里却揭不开锅，买年货的钱都没有着落。男人说有一家国营单位买了他很多线缆，却一分钱也没有给。每次去催，对方就说："我们这国营单位，又跑不了，你急个啥？就你这点钱还成天催，以后还做不做生意了？"

　　男人被说得没话，就赔着笑喝了一肚子酒空手回家。梅姨大年二十九和男人吵了架，男人说："大不了过年不走亲戚，年后再去要钱。年根了，单位领导都回家过年了。"梅姨说："不行，咱们的年都没法过了他们过的什么年！你不去，我去！"

　　第二天一大早，梅姨抱着不到一岁的女儿出了门。这家单位在秦岭的翠华山脚下，从城里坐公交车过去要三小时。梅姨抱着孩子到单位门口报了领导的名字，门卫就让进了。谁也没想到有抱着孩子来讨债的。

天上下着大雪，领导正在家里炸带鱼，看到一头雪的梅姨和她怀里的婴儿，一下就急了，说："不就欠你们几万块钱么？你这还不让人过年咧！得是不想做生意了？你老公咋不来？给我来苦肉计？威胁我？还寻到我家来咧！走走走！"

孩子被吓得哭了起来，梅姨也哭了，说："领导，你家炸带鱼呢，这是准备过年呢，俺家也想过年呀！线缆给你们一年了，于情于理你都应该把钱给俺们。我不是来闹的，我只是让领导知道俺家真的没钱了。揭不开锅了，我男人好面子，每次要钱还要请你们吃饭喝酒。你们喝酒的钱是我娃的奶粉钱！"

梅姨越说声音越大，自己也越来越伤心，不禁放声大哭。楼道里一下子围了很多人。

领导说："哎，妹子，你也不容易，咱都理解。不是我不给你的结款，我也没钱！你别看我炸带鱼呢，我这带鱼都是我老婆单位分的。三角债你听过没有？你看电视上总理都没办法！只有等开年，我把钱要回来了，立刻就给你！"

梅姨说："不行，等到开年我娃就饿死了！你今天不给我，我不能走！"

领导急了，说："这是我家！你这是私闯民宅！好话给你说了一箩筐，你还要上赖皮了！出去出去！"

梅姨和孩子被领导推出了家门，防盗门"嘭"的一下关上了。

梅姨没有走，她抱着孩子就站在领导窗口下面。领导只要炸带鱼、炸丸子就能看见这对母女站在大雪里。很快，梅姨头上身上都是雪，她紧紧地搂着女儿，不停地用手摩挲着女儿的斗篷。有好心人去拉她进屋暖和暖和，梅姨不去，也不喊，就是站在雪地里看着领导的窗口。

一小时，两小时，三小时。领导终于熬不住了，披了件军大衣下来，围裙都没解，边走边说："我服了你咧！妹子，你比你男人厉害！我惹不起你！走，跟我到办公室！"

梅姨挪动僵冷的脚步，快步跟在领导的身后。

到了办公室，领导说："钱，确实是没了！我这只有一车电暖器，是别人顶账给我们单位的。差不多就是几万块钱，你要要，我给你开个条子，你拉走。卖了电暖器把运费一出。你要不要，我也没办法，你冻死我也没办法！你把娃再冻坏了，后悔都来不及！造孽呀！"

梅姨想了想，说："行，你跟司机说好，卖完了才有钱。"

大年三十下午，梅姨让司机把车开到了大差市口。男人也来了，梅姨让他写了两块牌子："最后一天，卖完过年！"和"电暖器大清仓，一律299！"

20世纪90年代的电器普遍比今天贵，我家买的第一台十八英寸彩电要三千块！相当于我爸一年多的工资。所以二百九十九元的电暖器还是有竞争力的，再加上西安没有暖气，一车电暖器在春晚开始前终于卖完了。

那时候春晚是中国人的命，刚过7点街上已经没有人了。东大街两侧的鞭炮和闪光雷已经响起来了。梅姨一家，终于在春晚开始前回到了家。看着桌上的钱，梅姨和男人又哭又笑。

梅姨决定不做线缆生意了。本来利润就不高，还要不回来钱。她和男人商量，不如开个餐馆吧！他们用卖电暖器挣下来的几万块钱，在西工大校园里盘了一家餐厅。

男人本来就会炒菜，又雇了一个厨师两个帮工，炒菜兼营饺子的餐厅开业了。餐饮生意太难做了，校园里卖不上价，二厨还和帮工合起伙来偷肉偷菜。不到半年，钱就赔光了，他们只好关了餐厅。

梅姨和男人在东关开起了一个早餐摊，卖菜合子。

西安的早餐摊很讲究，一大片铺开占道经营，看起来乱糟糟的满地小板凳，但其实乱中有序。每一家只卖一样东西，卖油茶的最多泡根油条，绝不卖菜合子。卖胡辣汤的旁边就是一家卖水煎包的。卖甑糕的喜欢挨着炸油糕的，都是甜口。每家都得有绝活，不好吃很快大家就会知道。早餐摊周围坐满了人，就某一家的板凳没人坐。有人说："老板，借你的凳子坐一下。"老板脸色很不好看，但也得说："坐。"

梅姨和男人在这一片江湖中，支起了炸韭菜合子的摊子。这个生意虽然资金门槛低，但技术要求高。韭菜不新鲜不行，太新鲜了没炸到也不行。菜太少了面太多不好吃，菜太多了包不住容易漏。面皮太厚不脆，面皮太薄容易焦。最关键是要快，一边包一边炸，一个平底锅里六个菜合转来转去，得知道每一个的火候。吃菜合的人都是叫好了胡辣汤的，拿了就要走。西安人性子急，再好吃的东西也不愿意排队等。梅姨包韭菜合子，男人翻炸和收钱、找钱，两个人常常忙得顾此失彼。

早上5点多晨练的人就要吃早点了，所以勤快的早点摊5点就出摊了。六七点钟孩子们上学，八九点钟有买菜遛弯的人，10点多以后才能慢悠悠地收尾。回到家还要准备第二天的韭菜、鸡蛋，和面。天天4点起床，披星戴月。最遭罪的是冬天，北方的户外，在冬天是会要命的。梅姨包菜合子的手冻得通红。

家里人都劝梅姨不要做了，太辛苦了！梅姨只是笑笑，说："不做了不行呀！人，是我选的，日子，也是我选的。"

10点多的时候总有个穿西装的男人来吃早餐。一碗胡辣汤，两个菜合。有一天这个人和梅姨聊了起来，说："嫂子，我看你形象这么好，又会说话，卖菜合可惜了。"

梅姨说："啥可惜不可惜的，咱啥都不会，就只能吃苦。"

西装男人说："你可以来我们公司看看。我们是保险公司的，你可以学着卖保险。你本身就是西安人，熟人多，很快就能出单。我们都是外地来的，只能靠陌生拜访。你这浪费了多少资源啊！"

梅姨被说得心里一动，就要了男人的名片：幸福保险。

关于梅姨要不要去卖保险，家里又展开了激烈的讨论。家里的老人认为这不是个啥正经工作，因为连工资都没有，天天还得求人，看人脸色。但梅姨说想去试试，一是公司在很好的写字楼里，看起来很有实力，二是卖菜合也有一年多了，其实没挣到什么钱，也就是勉强维持家用。男人的身体经不起常年早起，她也想进公司学点东西，每天包菜合把脑子都包傻了。于是梅姨开始了卖保险的生涯。

谁也没想到梅姨能卖成陕西省第一名。每年年底，公司会买下整版的《华商报》，把前十名的保险经纪人的照片登在上面。红底，正装，很像是当选了什么大官的样子。每次梅姨都是最上面的那个。我问她："卖保险的秘诀是什么？"

她说："没啥，就是脸皮要厚。不要怕被拒绝。有时候客户就是不了解，不信任，其实他们是需要保险的。我第一次拜访就成交了。客户说要买的时候我都愣了，不知道咋签合同。后来也有很多被拒绝的，我就想，总比大冬天在冷风里卖菜合强吧！就这样坚持下来了。每个客户都服务好，客户就给你介绍客户呢。"

梅姨成了全家收入最高的人，男人在家里带孩子、照顾老人。梅姨每天都在谈业务，手机随时在线。

大家总拿她开玩笑说："客户比啥都大！过年都没见你打过一圈牌！"

梅姨总是笑笑说："客户要是有事都是急事，咱不能让人等。卖保险最重要的就是信任！"我们都说她被保险公司洗脑了。

梅姨卖了二十年保险，从一个苗条的小姑娘变成了胖胖的中年妇女。她每天都在见客户，解决客户的问题，帮客户搬家，给客户的孩子找学校。孩子长大了，老人也更老了，男人心脏不好，装了几个支架，不能太劳累，好在脾气好，梅姨发脾气的时候他只是笑笑听着。

梅姨并没有因为收入的提高而过上放松的生活，她把微信名改成"平平安安"，期待全家都平安健康。她想只要自己足够努力，保持每年的收入，全家人就能够平平安安的。但老人越来越老是没办法的事，就在疫情的第三年，舅爷刚过了八十大寿就住进了医院 ICU，不让家人探望，再加上疫情，连医院都不让进了。到了大年三十这天，医生说家属可以来医院一下，还是不能进ICU，但是可以让护士把老人推出来做检查，在楼道里看一眼。梅姨和哥哥、姐姐带着舅婆在楼道里见到了舅爷。他住了几个月的院，身上插着各种管子，大家呼唤也睁不开眼睛。一家人抹着眼泪在楼道里过了年。

有一天，梅姨突然接到了幼儿园的电话，这是女儿姗姗工作的单位。电话里说让梅姨到医院来一趟。梅姨当时腿就软了，问："咋回事？"

对方说："姗姗打扫卫生，不小心从二楼掉下来了。人没事，你放心。来了再说吧！"

梅姨叫上家里人一起赶到医院，看到躺在推车上的姗姗，立刻就大哭起来。姗姗用微弱的声音说："妈妈，对不起，都是我不小心！"

幼儿园的园长也在旁边哭，姗姗说："园长，对不起，我给大家添麻烦了！"

医生说姗姗伤得很重，脊椎摔断了，下肢没有知觉了。梅姨瘫软在地上。

幼儿园打扫卫生，同事让姗姗站出去擦窗户，没想到外面根本不是结实的窗台，而是塑料做的样子平台。姗姗一下子就掉在了地上，动不了了。梅姨像是丢了魂一样，每天都在想："为什么会这样？为什么是我的孩子？姗姗这么乖，这么懂事，为什么这么不公平？"

她睡不着觉，脾气暴躁，失魂落魄地没法工作。见到姗姗的时候强颜欢笑，说："放心吧，现在医学这么发达，你放心治，肯定能治好！"

姗姗也说："妈妈你放心，我就算不能走路了也能照顾自己的！"

但其实两个人不在一起的时候都是默默流泪。

舅爷走了，在最后的日子里，他不知道姗姗的事。梅姨一边处理舅爷的后事，一边给姗姗打气，做好去北京康复的准备。康复医院的生意有多好，很多人是不知道的。所有的项目都是按小时收费的，一进去就是长期的投入。工伤的有单位可以报销，但很多项目医生说要自费。因为是医生自己开小灶训练，一小时五百元，不开票。梅姨不敢不参加，怕医生留一手。

梅姨每个礼拜都要花几千块钱给医生。一边是没有时间和心情工作，收入锐减，一边是无底洞一样的康复训练费用，梅姨的焦虑越发严重。睡不着觉的时候，她就听我讲的《乡土中国》，一遍又一遍。我问她："为什么就能听进去这本书？"她说不知道，就是听了这本书能静下心一点。

经过了一年的失眠和焦虑，梅姨逐渐开始谈业务。好在老客户还都在，大家听说了姗姗的事，也都愿意帮忙。只是经济越来越差，很多老客户都破产了。

梅姨说："这时候更看出保险的重要性了，很多破产的客户都是靠早年在我这买的保险生活呢！"她又开始有了笑容和讲业务的热情："唉，我也想开了。天底下总有些倒霉的事，不在我们头上，就在别人头上。发生了就接受，能做点啥就做点啥。孩子受伤了当然难过，有时候也想，至少孩子还在，还能跟我斗嘴，我还能给她按摩，看她每天进步，这比啥都强！"

　　梅姨的生活又逐渐回归了正常节奏：照顾老人，照顾孩子，不停地跑客户。今年她的照片又登在了《华商报》上，她的微信名依然是"平平安安"。

饺 子

　　我跟老胡是在一个企业家活动上认识的。活动在敦煌，我们都到早了，被安排在同一辆去酒店的车上。组委会没有安排午餐，老胡说："不如去小镇上转转，找点吃的。"我说："好。"

　　已经过了饭点，小镇上的饭馆人都不多。我们挑了一家门脸比较大的坐了进去。店里人不多，桌椅都泛着包浆的黑色光泽。老胡看起来比我大几岁，个子也高，东北口音。他坐下来说了句："我点了啊！"就开始点菜。他其实不是点菜，而是把菜单念了一遍。服务员一开始还记，后来就不记了，只把几个不要的选项拿掉。

　　我嘴里说："别点这么多，吃不了！"心里想：东北人是好面子，必须七碟子八碗堆满桌子才显得有面子。可毕竟只有我们两个人吃饭，不至于吧！

　　点完了菜，老胡站起来背着手在店里转悠，很没有礼貌地伸头去看别人桌上的菜。有的顾客会抬眼斜看他一下表示奇怪和抗议，老胡却只顾一路看下去。转了一圈回来坐下，老胡说："今天这个店来对了！这个店生意肯定好！"

我看了看店里的人，并不怎么多，有一两张桌子还没收，但也看不出有什么热闹过的样子。正犹疑间，开始上菜了。西北菜，满满当当地堆了一大桌子。我很尴尬，所有结账出门的人都报复性地过来狠狠看看我们的菜，还有个小伙子拍照。老胡安之若素，开始挑着吃。嗯，果然不错！每道菜都有特色，锅气十足。

"就是这个！"老胡突然说。他的筷子指向一道酱大骨。我尝了一口，肉质细嫩，酱香入魂。我们一人一根大骨啃了起来，连骨髓都用吸管吸了出来。两人吃一大桌子菜，确实算不得风卷残云，最多算台风擦边。桌子上很多菜都只吃了一两口，实在是造孽。

我一个劲儿地说"可惜可惜"，想用抱怨找到心理平衡。老胡说："不可惜！这是我的工作！"看我不明白，老胡接着说："我是开饭店的！走到哪儿都要学习，看看各地有啥新菜。这是我的工作，试菜，不浪费。"老胡这话还有一层含义，就是我不用抢着埋单，这用的是人家的研发费用。

"对了，你怎么能看出来这个店生意好呢？也没啥人呀！"

　　老胡笑了笑，把服务员叫过来，问道："你们这个店是不是十年以上了？是这条街上生意最好的店不？"

　　服务员说："二十年啦！生意是整个镇最好的，你们今天来得晚，早半小时还得等座呢！"

　　老胡冲我笑笑，说："怎么样，没跑！"

　　我的疑问在于，他是怎么看出来的？除了点菜，他没有和任何人说过话。老胡看我真心请教，说："因为每个桌都有同一道菜！"我恍然大悟，每个桌都有同一道菜，说明这家店有绝活儿，大家冲着这道菜来，生意就不会差！所谓行家，就是一句话。

　　老胡并不是开饭店的，东北人习惯把开饭馆说成开饭店。老胡是全国著名的饺子大王，他的饺子人称"饺子中的华为"。能看出来老胡学历不高，但为人沉稳幽默，谈吐得体，又顿顿以研发之名请客，很快就成为朋友们公认的大哥。

　　有一次喝了酒，不知怎么说到学历问题，大家问："老胡，你到底啥学历呀？"

　　老胡笑了笑，晃了晃手里的威士忌酒杯，说："我，小学四年级学历。"

老胡是鹤岗人，从小个子大，爱打架。每次打完架，他爸爸就给人赔钱，带着他去人家家里道歉，送点心和黄桃罐头。四年级的时候，他一次打伤了四个人，爸爸说："咱家赔不起了，要不你别上学了。上你老姑父的饭店学个手艺吧！"

老胡就进了国营饭店的后厨打杂学手艺。老胡在学校的时候不爱学习，但后厨的东西他学得特别快。洗菜、切菜、配菜、颠勺、偷东西，他都很快青出于蓝。老姑父是店里的负责人，会计出身，怎么也搞不懂店里的菜油和猪肉怎么用得那么快。专门盯着，也看不出有人偷拿，只能归罪于厨师没有责任心，浪费严重，炒菜油太大。老胡看得直乐，也看出了国营饭店肯定干不过民营的。

十五岁的时候，老胡跳槽去隔壁的民营餐厅做大厨。临走前老姑父问他："肉和油是咋没的？"老姑父也不是要报警，就是实在好奇得紧。

老胡说："行，你跟着我吧。"

两人从后厨走了一圈出来，老胡跟老姑父说："肉到手了。"

老姑父前后找了一圈，没发现肉，还在老胡腰里摸

98

了一圈，也没有。老胡扯下肩头搭着的油腻白毛巾，下面就是一大条五花肉。老姑父也笑了，说："好小子，我就说你咋吃这胖呢！"

油呢，就更简单了。拿根管子，从油桶伸出去，连到窗户外面的小油桶，用嘴嘬一口，油就流出去了。

老姑父说："小子，好的不学，邪门歪道学得倒快！你这去了私人饭店，可不能干这个了！人家老板打你都是轻的，送你进局子都有可能。老姑父可保不了你。"

老胡说："放心吧老姑父，偷点肉挣不了几个钱，我将来要开自己的饭店。"

"行啊，小子，走正道啊！"

在私人老板手里做了三年大厨，起早贪黑，老胡成了当地著名的厨师，老板的饭店越来越好，把对门的饭店干倒了。老胡看到对门贴出了转让的海报，就让两个哥们去打听转让费。哥们回来说："谈到最低了，六万，不能再少了。"

老胡跟哥们说："你俩分头去，都说要了。这两天就交钱。让他把转让的海报摘了，影响生意。"

老胡手里只有三千块钱，回家找老妈，说："妈，我想兑个饭店，你有钱没？"

老妈说："有一万，给你结婚准备的。你要不想结婚就拿去，可有一样，将来你要结婚，可连电视也没有了！"

　　老胡说："妈，我不要电视。"

　　老胡开始天天缠着对门的老板把店兑给他，只有一万一的转让费，一年后可以再给三万。老板不爱搭理他，说："我这店已经兑出去了，这两天就交钱。你看我把转让的牌子都拿下来了。"

　　老胡也不着急，就是每天闲了就来，跟老板说："你这店不是我做，谁也做不起来。菜不行啊！我要过来，肯定挣钱，叔，不就是晚一年吗？你信不过我，你还信不过我的菜吗？你那几个接手的指定不能来，他一吃我家的菜就没信心了呀！"

　　果然，那两个报了价火急火燎的买家都消失了。老板慌了，最后一咬牙，把店兑给了老胡。

　　比起做菜，老胡更擅长当老板。他朋友多，会来事儿，又喜欢琢磨新菜。没多久，他的店就成了当地最火的大饭店，后来把老姑父的国营餐厅都兼并了。老胡不但顺利结了婚，还买了鹤岗最大的背投电视。他在一家店的二楼建了一个麻将馆，基本不去后厨了，来了重要的客人出面敬杯酒，剩下的时间就是打麻将。二十五岁不到，他又高又胖，满街都是熟人，几乎可以横着走，老胡觉得自己可以退休了。

　　2000年，香港已经回归了。老胡带着媳妇去了趟澳门。在澳门，老胡第一次吃到了麦当劳。作为鹤岗餐饮业的扛把子，老胡在麦当劳的餐厅里坐了三小时。看顾客点餐，看阿姨拖地，看服务员出餐，看小朋友要玩具，老胡甚至自己点了一份儿童餐。老胡想哭，他觉得自己的餐厅和麻将馆成了一座监狱，自己在这座监狱里还挺得意。原来餐馆还可以这样开！不用和厨师钩心斗角，不用烟熏火燎满墙油烟，不用担心饭菜出品质量不一，不用担心服务员笨手笨脚。自己前半辈子积攒下来的餐饮经验在这一刻被彻底颠覆了，没用了。那些防备厨师的手段，那些炒菜的微妙心得，都突然变得不重要了，一文不值了！老胡蒙了。

　　回到老家，老胡没跟任何人商量，把饭店卖了，而且决定搬家到大连。他不能继续在鹤岗横着走了，他要向前走。老胡在大连一直思考，什么样的中餐才能做成麦当劳？不需要厨师，出品要快，容易标准化，人们常吃。最终，这些条件的交集落在了饺子上。老胡心中突然升起了一种从未有过的感觉，这感觉让他有点激动，有点幸福。这和以前做饭店只想自己赚钱是不一样的，他想为中餐做些事。后来上了很多总裁班以后，老胡知道了这就叫愿景。

"饺子比我想象的复杂得多。"老胡说，"你就说这面粉，河套的面粉筋道，但不白。进口的面粉白，但没劲。掺在一起的话，比例又该怎么掌握？都得一点一点做实验。后来我们的饺子粉是四种不同产地的面粉混合的，才能既筋道又显白。我们要求现包，顾客来了，点单以后开始包，五分钟之内要让顾客吃上。为这，我们自己发明了擀皮和包馅的工具，下饺子的锅都有专利。煮饺子的时候，我们要求在出锅前压着锅盖一分钟，这样饺子的皮能和馅分开，捞出来是鼓的，显得饱满也显白……"

老胡借着酒劲跟我们大谈他的饺子经。在座的人都是创业者，每个人都听得目瞪口呆。一个只有小学四年级学历的人，给我们普及品牌定位、资源计划、客户关系、股权创新、人才激励。

我很好奇地请教老胡："跟你一块打麻将的兄弟们为什么没有跟你一样顿悟？人生的转折究竟是怎么发生的？"

老胡说："他们很多人就还在打麻将，从三十岁，打到五十岁了。"停了停，他接着说："可能是震撼吧！澳门麦当劳里的画面对我来讲太震撼了。我看到的不是一种更好的商业模式，而是我人生的希望。天天打麻将，真的，就快废了。"

现场的每个人都沉默了，每个人都在想，自己是不是也快废了？毕竟，每个人都可能困在自己的麻将馆里。我想起来那个二十五岁老气横秋混社会横着走的老胡，不到三十就油腻了。有句话说得很扎心："有的人三十岁就死了，只是八十才埋。"

我正在胡思乱想，门铃响了。老胡说："我从店里叫了点吃的，大家帮着鉴定一下。"

是酱大棒骨。

客人

　　杨茜快四十岁了，从外企辞职开了一家美容会所，叫"闺蜜时光"，走高端路线，倡导闺蜜文化。

　　可现如今有钱人越来越精，既要产品好服务好环境好，还要有面子有感情有实惠。真正为了高品质的服务，眼都不眨的客人不是没有，但很稀缺。而且这样的客户看起来不在乎百八十万，但常年被人伺候惯了，什么没见过？你不知道他哪根筋不对就恼了。

　　杨茜当年创业是为了不再看老板的脸色，自己干了三年才发现，你不看老板的脸色，就要看客人的脸色，人大抵总是要看一些脸色的。

　　能把钱赚到自己手里，能让公司活下去，不管什么样的脸色看看也就习惯了。所以杨茜这几年学会了跟人做闺蜜，吃饭喝酒观察实力，慢慢混得有些许感情了，"闺蜜时光"的生意也才能看到些希望。

有时候参加完一个浮夸的品酒会，回家的路上，杨茜也会把脸贴在车窗上，看着窗外的灯红酒绿反思："我是不是越来越虚伪了？我为什么看到一个人就先注意她的包、鞋子和珠宝，而不是谈吐、境界和品德？"

　　但一想到下个月的房租和人员工资，就又只能继续物质下去。

　　这一天店里要来一个客人，是住在顺义别墅区的菲奥娜介绍的。前几天在群里已经热乎过了，菲奥娜说："这是我亲闺蜜，刚从国外回来，一回来就问我：国内有什么保养的好地方？我当然推荐咱们家啦！全北京只有咱们家的美容是有温度的！"

　　杨茜赶紧说："谢谢亲爱的！太感动啦！"然后连续打出一串可爱的表情包，把受宠若惊和闺蜜间的不用见外，恰到好处地表达出来，给群里的三个人营造出得体的热络气氛。

　　闺蜜叫思思，约好了到店里见。菲奥娜还私信跟杨茜说："亲爱的，这孩子家里是做房地产的，刚从墨尔本回来，一个人在北京，不差钱儿！"

　　杨茜回："谢谢谢谢亲爱的！你对我们最好啦！"

　　上午 11 点，思思来了。她个子很高，至少有一米七，穿一身粉色的香奈儿职业装，JIMMY CHOO 的高跟鞋，项链手表倒都不夸张。人长得不算特别好看，但白白净净的，鸭蛋脸，大眼睛，小鼻子小嘴，说话轻声细语的，跟每个人都很客气，但也有些距离感。

杨茜带着她先是上下参观了一番，思思夸奖了店里的艺术品，也询问了一下时下流行的美容仪器和设备。

思思说："我们在'墨村'待的时间长了，土得很！澳大利亚人都爱晒黑，美白设备特别落后。回到北京一看，啥也没见过！菲奥娜说让我赶紧来找您，她说我们很多好朋友都在您这里做。"

杨茜觉得这孩子挺可爱的，说得也在理，西方人的皮肤状态和审美确实与东方人不一样，就又多了几分好感，于是说道："墨尔本挺好的，消费也不低呢！你皮肤保养得这么好，肯定是高手啦！我们店里主打的是日本的养护设备，比较适合东方女性。这样，今天你先做个免费的皮肤检测，我让顾问根据你的皮肤状况给你出个方案。我开这个店就是为了解决闺蜜们臭美的问题，咱有钱也不能乱花不是吗？检测完有时间的话做个面部清洁，可舒服啦！体验下我们的服务。"

"好啊好啊！"思思很开心地说，跟着顾问去做检测了。

杨茜到前台跟收银台交代，思思这一单不要收钱了，临走再送两张咱们的补水面膜，使用方法一定要交代清楚。

　　晚上思思发来微信，对白天的招待表示了感谢，并说这是她在国内遇到的最专业最有品位的美容会所。她想介绍更多朋友来这里，都是一起在国外玩的小姐妹，还有些客户。

　　"明天中午咱们在丽思·卡尔顿吃饭，我跟您说说我的想法。咱们肯定会碰出火花！"

　　杨茜一边说："好啊好啊！"一边在手机上查了一下丽思·卡尔顿午饭的价格，还好，人均三百。

　　思思走进饭店的时候，手里拎着一个橙色的纸袋，很明显是爱马仕。坐下来后把纸袋递给杨茜，说："谢谢姐姐送我的面膜，太好用了！咱们店真的是太好了！这条丝巾送给您，搭配衣服用。"

　　杨茜一边说着客气客气，一边想这顿饭还是自己来埋单吧，人家这也太客气了。

　　丽思·卡尔顿的饭菜就那么回事，但是环境氛围很好。两个人边吃边聊，还喝了点香槟，有点上头。思思说她回国后父母就安排她进了外资银行，做贵宾理财和家族办公室。因为领导也知道她家的情况，所以很放心，从不过问工作。

"业务不是什么问题，我们家自己就是他们的大客户，我服务好我爸妈，一年的业绩就差不多了。"思思说着捂着嘴笑。

杨茜也赔着笑，说："你这话得气死多少人？我听了都生气！我们一天天地到处找客户……"

思思说："哎，姐姐，我帮你做业务吧！我反正整天闲着没事，手边又都是这些大客户。公司希望我们多做客户互动，我觉得你们店特别适合我们的客户。公司做活动有经费的，不用你们花钱。而且如果有成交，公司也不会 care，我也不会要提成。就是想做点事，让我爸妈觉得我不是只有他们这一个客户。"

杨茜听得心里一动。说实话，外资银行的家办客户，是她最理想的客户对象。一直想怎么才能"打"进去，这下好了，竟然送到了面前！

杨茜忙说："这可太好了！我们就是希望高端客户了解我们，你这可帮了我大忙了。钱该拿一定要拿，或者给你换成项目，随便做做就好！"

"好啊好啊！"思思露出少女的天真表情，说，"其实我也一直想创业，免得他们老说我是'富二代'。我确实是'富二代'，可我也没得选啊！我做什么事成功大家都认为是理所应当的，其实我爸妈的阴影还蛮重的。我给您当个不要钱的合伙人，做给他们看看！"

接下来的一周，思思都在微信上和杨茜策划线下活动的事。初步选定在君悦，来的人除了私行大客户家的女主人之外，还有红豆妹妹和千万粉丝的网红博主西柚。

思思安排活动特别细致："她们俩都是我的闺蜜，西柚还没红的时候和我一起上过新东方的出国课，特别铁。红豆因为她老公的关系认识我爸妈，上个月我们还一起在三亚的游艇上过生日。"

说着，思思发过来一张她在游艇上的泳装照。

"可她俩互相有点看不上。你知道的，西柚在别人家平台直播，是他们的竞争对手。能把她俩叫到一起也算不容易了！不过有个条件，她俩不坐一起，不拍照。所以姐姐你就坐在她俩中间，C 位！给她俩隔开！哈哈！"

杨茜觉得思思太会办事了，给自己留出了最佳的社交位置，还处理得让你不好推辞。一想到自己坐在两大网红美女中间的照片，杨茜甚至有点小激动。这对于公司的品牌太有意义了。而且思思说，场地费、布置、请人这些费用都是公司出，杨茜作为分享嘉宾上台演讲。

一边算是客户福利，一边也能帮"闺蜜时光"做推广。

杨茜说："那多不好意思啊！我们这活动做的，纯属蹭福利啊！"

思思想了想说："要不这样吧，您准备点伴手礼就行，也能加深一下品牌印象。人均别超过一千块就行。"

杨茜一听，觉得也有道理，毕竟这群人里搞定一个就是上百万的消费贡献。于是说："太好了！终于给了我们一个表现的机会！我们还可以提供现场的拍照和摄像。这方面我们有经验！"

"嗯，太好了，姐姐！我正发愁没有好的摄像团队呢！"

一切都那么严丝合缝。时间定在下周三上午，大家可以准备小礼服了。

接下来又发生了几件事，让杨茜觉得思思想得太细了。首先是服装问题，思思要协调她、杨茜、红豆和西柚的衣服。不停地发来各自准备穿的衣服，让杨茜参考，并要看杨茜的衣服式样和颜色，裙子的长短质地。折腾半天算是确定了。大家的颜色都不同但相互不冲突。

杨茜心想，自己也算是见过些世面的人，还没这么认真地策划过活动。

快到周末时，思思又发来微信，说："西柚周三要直播，能不能在你店里播？虽然有点打扰，但也可能有些流量。最好让她做个美容自己体验一下。"

杨茜赶紧回："不打扰不打扰，欢迎欢迎！我也是她的粉丝，常常从她直播间下单的。"

"那就这么定啦！周三做完活动去做美容，晚上直播哟！"

杨茜有点小激动，创业三年来，她终于得到了高端客户的彻底认可。年收入百亿的大网红都来做美容，太有说服力了！她没忍住，把这消息分享在公司群里，小伙伴们都发来各种夸张的表情包。

周末思思又来电话，说："公司有一本内刊，公司高层和客户都会看的。听说咱们的活动都很支持，说应该采访您一下，塑造一下您的人设！也让客户更了解'闺蜜时光'。就让我来采访您！哈哈！他们没想到我是卧底！"

"好啊！就放在店里吧，显得真实。"

"好啊好啊！我来订下午茶！"

采访的时候，思思真的叫了全套的精致下午茶，还给杨茜带了一个香奈儿的香水。采访的内容几乎就是闲聊，杨茜觉得思思好像不太在意谈的内容，而是不断冲着镜头调整姿态拍照。随便啦，陪着她开心就好，只要周三的活动顺利就行。

周二的时候思思还拉了一个群，让杨茜和西柚聊了聊天，商量了直播的一些细节。能看出来，西柚确实和思思很熟，两人说话都显出没心没肺的信任。要知道西柚的直播间可是每天有几千万人会看的，这个曝光比在大众点评做几百万的广告都有效。

杨茜想，都说"富二代"好用，看来是真的。不计较得失，见过世面，人脉广，情商高。

周三一早，杨茜正在化妆，还通知了摄制组早点出发。这时候思思突然火急火燎地来了电话，说："姐姐，君悦出了点状况。昨天有个客人是个密接，酒店不让接活动了，临时通知我们的，搞得我们很被动。不过您别着急，我现在就去万豪和丽思·卡尔顿看看，能不能临时挪到别的酒店。西柚都来了，红豆也在化妆了，真是的，急死我了！"

杨茜心里一惊，疫情临时出变化也是有的。她宽慰思思说："没事的，好事多磨。你别太着急，咱们来日方长。"

"不是呀，姐姐，我们行里从上到下都知道这个活动了！要办不成太没有面子了！不说了，我到万豪了。"思思挂了电话，还发过来一张万豪大堂的照片。

一早上就看到思思在微信上发来的各种酒店图片和聊天截图。杨茜9点多的时候确认活动是办不了了，赶紧让人给摄制组结了一半的钱，退了伴手礼。在群里跟西柚和思思说了表示遗憾和安慰的话。思思说："这样吧，西柚，你一定让姐姐去一趟你的直播间！算是帮我弥补一下，太对不起姐姐了！"

西柚回了个没问题的表情。杨茜忙说："没事的，能认识西柚已经很高兴啦！你忙前忙后的，更辛苦！我们也没啥损失。别太介意！"

财务欢欢跟杨茜说，思思自己只办了一张五千块的卡，她来做项目的时候都是用菲奥娜的卡。客服当面需要给菲奥娜打电话，菲奥娜也同意了，但事后发脾气说不要让思思用她的卡。给思思做的方案她没有意见，但是刷卡的时候就刷不过去，她说她只有香港的信用卡，可能是系统问题。她现在已经欠几万块了。大家看她和杨茜这么熟，又要一起联合做活动，就都不敢阻止她挂账。

杨茜心里咯噔一下，突然想起曾经看过的一个韩国电影，有个小职员假扮有钱人，最后搞到一地鸡毛的事情。真有人会假扮有钱人吗？她突然想起来思思在跟她聊到留学生活时曾说过，她在国外得过抑郁症，定期都会看心理医生的，还问杨茜不会歧视她吧。杨茜忙说看心理医生是有钱人的标配啊，怎么会歧视呢……啊！她会不会看的不是抑郁症，而是精神分裂症啊？

杨茜突然毛骨悚然，赶紧拿起电话打到君悦，问上周三上午有没有因为疫情取消过活动。对方很客气但坚定地说："没有，我们最近一直在正常营业。您说的这个活动订单，我们没有接到过。"

杨茜瘫坐在椅子上，想：要不要找菲奥娜确认？她俩到底有多熟？菲奥娜是真客人，信誉良好。但会不会因为这件事结下疙瘩，以后反而疏远了。算了，还是别问了，真真假假都没有面子。于是杨茜跟欢欢说："以后她来了就用自己的卡，不续费就不服务了。不能赊账，不能用别人的卡。"

杨茜觉得心里放不下，思思应该并不是骗子，因为她没骗到什么东西啊！那些伴手礼是有些浪费，但也没有给她啊！充其量她骗了些照片、聊天截图和良好感觉。每次见面送的东西虽然不贵但也不是假的，这姑娘图啥呢？杨茜还是决定给外资银行打个电话问问。不出所料，对方说根本没有这个人，并且说目前市场上冒充我行人员诈骗的案件时有发生，与我行一概没有关系。

究竟该不该报案？还是算了吧！没有被骗损失，总不能说她欺骗了我的感情，让我白高兴了一场吧？这也太丢脸了。可心里总觉得不舒服，觉得自己也算是阅人无数了，竟然被一个有病的小姑娘给耍得团团转。

再次像放电影一样，杨茜回顾了这几个星期的事，觉得越来越像那部韩国电影：神秘"富二代"，非常好的工作，马上就要结婚，游艇、私人飞机、明星社交圈……都是她幻想出来的剧情。她一定是完全沉浸在剧情里，所以连大家穿什么衣服、吃什么茶点这些细节都在策划。

那个西柚，准确地说是那个用西柚头像的人，应该也是她自己吧！每次聊天都是秒回，态度永远恰到好处地亲切而优越。韩国电影的结尾是女孩被揭穿了，疯狂地表达自己对于有钱生活的迷恋和冒充生活的艰辛。杨茜想，要不要跟思思聊聊，劝劝她别这样了。随便给酒店打个电话就揭穿了，何必呢？但万一她真的发起疯来，像电影里一样抓狂就太吓人了。算了算了，随她去吧！

思思还是经常来店里，店员依然客气，但一定要她先埋单。思思很生气地发了脾气，但没有给杨茜打电话，杨茜也假装不知道。

　　思思的朋友圈里经常有她和西柚参加活动的照片。虽然分不清真假，杨茜还是点个赞。

　　思思没有再提过一起办活动的事，杨茜知道，西柚也不会来了。

校 长

2000 年初的时候，我在做一家小培训公司，主要业务是辅导社会上的年轻人考商学院。四哥是我们公司同事介绍来的老乡，黑黑瘦瘦的，负责公司的各种力气活。比如搬教材、给教室送水、各处张贴海报，等等。他不爱说话，因为普通话不太标准，有比较浓重的山东口音，说多了让学员听见，会觉得我们不专业。他是公司里永远满头大汗的人，骑着三轮车穿梭在各个教学楼和办公楼之间，再拉着小车送着一摞一摞的教材。每个人都可以随口招呼他做事：

"四哥，帮忙把这个拿到教室。"

"四哥，帮帮忙找那个学生收一下费。"

"四哥，回来时帮我带个煎饼果子，不要生菜！"

……

四哥从来不会多说什么，只是极简短地回应一下：

"嗯！"

大家觉得这一切都合情合理，我们这里是培训公司，培养未来的硕士生，所以员工最差也要有大专文凭、标准的普通话。四哥从山东老家来北京，老板看同事面子留他在公司打杂，一个月给两千块钱工资，已经很好了。所以大家很坦然地使唤着四哥，几乎没有人知道他的大名叫什么。

就这样，四哥成了公司里越来越重要的人。开一堂招生的公开课，别人可以不在，四哥不能不在。大量的教材、宣传材料，只有他能够分得清楚，还能准时准点地送到现场。每一个来讲课的老师有什么需求，喜欢吃什么盒饭，也只有他最清楚。他和公司外围贴海报的、劳务司机、场地租赁、印刷厂、快餐公司都很熟，人缘似乎也不错。因为他没有废话，只说一句"嗯"，就肯定能把事情完成了。

我们在北京的生意不错，一年能有个大几百万元收入，于是有点心痒痒地想去开发上海市场。其实上海我之前一共也就去过两次，可以说是两眼一抹黑。但一想到"北京上海双总部"，显得特别高大上，就动心了。去上海打头阵的人不能多，不过四哥一定要带去。那时候没有现在方便的订房订餐打车软件，货拉拉也没有，大量体力活都需要公司的人自己消化，所以四哥必须去。

没想到上海是我们的滑铁卢。北京人比较简单，你开了个免费公开课，他在街上收到传单或者在海报栏里看到了广告，就来课堂上听听。听完觉得不错，我再上台讲讲考一个学历的重要性，再说一下"今天现场缴费是有优惠的，以后就没有啦"，很多人就排队缴费了。有时候一个教室里需要准备两三个POS机，也允许现金缴费。这个模式屡试不爽，所以我们在上海也打算开公开课，POS机准备了四台。

我们在上海筹备了一周，住在同济大学附近的招待所里，联系场地、印刷传单、设计海报、联络名师……一切按部就班。四哥最忙，那时候没有GPS，他骑着租来的三轮车，绕着复旦和同济不知道骑了多少圈，跑错了多少路。一周的时间，四哥又认识了上海的很多人：印刷厂的、卖盒饭的、学校保安、劳务司机、图书馆后勤人员……而且四哥还学会了一句上海话"洒洒侬"。

公开课程在周六如期举办，到课率很高，一间大教室坐得满满的。老师讲得也很好，课堂上不时爆发出笑声和掌声。我叮嘱教室后面的工作人员，待会儿刷卡的时候一定要维持好秩序，乱了就显得不专业了。

等我信心满满地讲完我的促销演讲，并宣布"今天现场有一个惊喜"的时候，我看到学员们一个个起身，但不是去后面刷卡，而是有说有笑地走出教室，回家了！有几个人去后面咨询了一下，问了问还有没有优惠，也就走了。现场竟然没有人缴费！四台 POS 机白带了！

大家都很沮丧，我说："没事，万事开头难。起码今天的课程是成功的，我相信学员们已经记住了我们！"

我们调整了优惠套餐，又换了个更有煽动性的老师，第二周再来一次！又是一周的人吃马喂，又是一周的兵荒马乱，这次好一点，有两个人预约了一对一咨询，但还是没有人缴费！我撑不住了。二十多万已经花光了，关键是看不到任何希望，也没看出来我们错在哪里，为什么北京那么简单的付费逻辑到了上海就不行了呢？我决定——撤！

就在我们收拾好了一切乱七八糟的东西，像逃兵一样准备离开上海的前一天晚上，四哥找到了我。他说："我不想回去了。"

我一愣，这么多年，我第一次听到他说自己的主意。

"你想回山东了？"我猜他是累坏了，心里想也该给他加到两千五一个月了。

"不，我想留下来做上海市场。"

"啥？"我惊得差点把手边的水杯打翻，"你想干啥？"

"我想留下来做上海市场，我觉得挺有前途的。"四哥淡淡地说。

"咱们做了两次公开课你也看到了，几十万花掉了你也是知道的，没有人报名呀！"我觉得这个人可能是累疯了。

"也不是没希望。有两个来咨询的，咱们不做了，他们就卖给了同行。我看上海人不是没钱，就是不喜欢现场成交。"四哥说的是我们这次唯一的收入，把两个学员介绍给了同行，成交了。

"可是你，你怎么可能……"我想说，你高中恐怕都没读完，怎么可能做硕士学历的培训？！

四哥听出了我的欲言又止，说："我觉得可以，我想试试。这些年我都看了，没啥需要学历的地方。你让我当上海的校长，我不用公司投资。赚了钱给公司百分之二十。"

看样子四哥早就盘算很久了。我被惊得愣在那里，但觉得四哥说得也没错，反正我们是打算撤出上海了，这样还能有百分之二十收益的可能性，而且也实现了"北京上海都有校区"。四哥不愿意一辈子骑三轮车送教材，也可以理解。

"可是，钱从哪里来？咱们这次，你也知道。"

"我去借。我觉得花不了太多钱，咱们从北京过来这么多人，住在宾馆里，成本当然高了。我一个人，租一间办公室，花不了太多钱。这次印多的材料，您给我留下吧，上面都写着上海校区了，拿回去也用不了了。"

"行，你既然都想清楚了，我没问题。不过我要提醒你，亏了钱可是自己的。"我很认真地跟四哥说。

四哥笑笑，说："您放心，亏光了我还回北京给您蹬三轮车！"

我们在昏暗的经济型酒店里手写了一份协议，我把上海市场给了四哥，带着其他人回到了北京。签协议的时候，我才知道四哥的名字叫刘国柱。

那个年代没有现在这么方便的办公软件，四哥又不爱发电子邮件。所以我们回到北京后，就像断了联系一样。我有时候会想起来他和上海的业务，也懒得问。万一他早就没钱了，要找总部借钱怎么办？但似乎上海的业务还一直在继续，也有了和总部对接的工作人员，从总部订的教材也在逐步增加。

过了一年，四哥给我打电话，邀请我去上海讲课。我说："上海人不吃这套，我去讲课也没用的。"

"不是让你讲促销课，就是请你来讲讲面试辅导课。现在商学院都重视面试了，这个课我讲不了。"四哥在电话里笑着说。

"你，现在也讲课？"我知道自己说得不太礼貌。

"嗯，学员不多的时候就是我讲，一个人我也讲。"

"你给学生讲啥呢？"我在心里盘算了一下，数学？英语？逻辑？写作？政治？都不太可能啊！

"我就讲你讲的那些！为啥要读个硕士啊，读硕士能解决上海户口啊，要为自己做投资啊这些。这些我能讲，主要是听你讲的多。"四哥憨憨地笑着说。

我的心里五味杂陈，我讲的这些东西经他这么一总结，怎么显得那么不值钱呢！我决定去看看，他就算能讲，也未必有我讲的好。

这次到上海讲课的地方，是长宁区的市民学习中心。四哥说这里的场租比大学都便宜，而且"形象"也不错。教室里坐得满满当当，有几百号人。"都是交过费的。"四哥轻声跟我说。我有点吃惊，他是怎么做到的？

四哥在课堂上穿着西装打着领带，头发上打着摩丝，梳得一丝不乱。他依然黑瘦，但眯缝着的小眼睛里，闪烁着自信和淡定的笑容。学员们都跟他打招呼，叫他："刘校长！"

刘校长、四哥，这两个称呼我实在对不到一起。轮到我讲课了，因为没有促销任务，所以我讲得很轻松愉快，我要让学员知道，北京总校来的名师，跟上海的刘校长讲的水平是不一样的。

课堂气氛很热烈，四哥坐在教室后排，也在快速记着笔记。我回答完学员的提问，结束了课程，四哥上了台。他说："同学们，商学院是培养实干家的地方，所以笔试的难度会越来越小，面试的难度会越来越大。但正因如此，我们的机会也就越来越大。因为我知道你们都是行动者！我们大学毕业为什么没有考研？不就是想尽快进入社会，尽快行动吗？商学院想要的就是你们这样的人！大家知道我的原名叫刘国柱，听起来是不是老实巴交？"

课堂上发出有节制的笑声。

"我把它改了！改成了刘柱国！刘国柱是个名词，没有行动力！刘柱国是个动词，我们要努力做事，才能够改变我们的生活！"

课堂上爆发出热烈的掌声。我听呆了，这还是四哥吗，那个老实巴交只会低头骑三轮车的四哥？

"所以，今天来这里听课的同学们，我知道你们已经有了行动力。你们距离名校的商学院、五百强的工作岗位，已经又近了一步。下一步的行动，就是去找我们的咨询老师留下联系方式，预约一下一对一的免费咨询。每个人的过去都是不一样的，我们会为你制定最有效的复习策略，选择最合适的目标院校。"

四哥结束演讲后，教室里依然很热闹，学员们围着他，围着我，围着每个有空的工作人员做咨询。

晚上吃饭，四哥叫了两个商学院的招生老师作陪。我发现他比我更善于和体制内的老师们打交道，把山东人的酒文化和礼数发挥得恰到好处。我在北京搞了这么多年，都从来不敢叫商学院的老师来给我撑场面。送老师们回去之后，我问四哥："今天的学员都交过费了吗？我怎么觉得有人是第一次呢？"

四哥嘿嘿笑了一下，说："有一半没交费，我们做了个活动，老带新，有优惠。"

"那你为什么告诉我都交过费了？"我有点不解。

"我怕你太使劲了。上海人不喜欢被成交，所以课堂上交费的几乎没有。他们听了好，也要货比三家。你讲课的时候如果太明显想成交，这些人就跑了。你把课讲好了，我们能让他们来一对一咨询，成交的可能性就很大了。而且，跟商学院的关系一定要好！上海的学员很重视你的后台和排场。我打算明年买一辆奔驰，这是个品牌宣传。"

我被四哥上了一课，不，我被刘柱国校长上了一课。我这些年的傲慢与偏见全部被打破了，自以为是的生意逻辑已经让我们越来越封闭，他竟然能跳出我们的逻辑去思考，现在已经俨然一个上海商人了。

"你到底啥学历？"我还是想搞清楚。

"嘿嘿，初中毕业，高中辍学，在我们县里烟草公司工作。后来觉得没意思，就到北京给咱们公司骑三轮车了。"四哥很坦然。

"那你给这些大学生上课没有压力吗？"

"这有啥压力？学历又没刻在脸上，你在这方面比他专业，比他知道得多，能帮他少走弯路，你就是他的老师。时间长了，低学历还成了优势呢！很多商学院教授上课的时候举我的例子，他们觉得我很励志。"四哥依然淡淡地说。

年底，四哥买了奔驰。百分之二十利润的事我们都没有再提，四哥说："以后你来上海，就坐奔驰啦！这是咱公司的车。"

又过了一年，我接到一个山东的电话，一个女人哭诉着，是四哥的老婆。我说这是他们家的私事，我管不了。事后我给四哥发了个短信，说："嫂子的事你处理好。"四哥回："放心，谢谢！"四哥跟老家的老婆离了婚，一个上海女孩给四哥生了个儿子。听说四哥后来又买了别墅，不过我没去过。

宿 舍

1993 年 9 月，七个小伙子被各种随机性牵引，塞进了西安交大宿舍楼 27 舍一间朝南的房间。似乎所有宿舍都会自然产生结拜的排序，老大老二老三老四……好像要搞水泊梁山一样。我是老七，因为上小学的时候跳过级。我是宿舍里唯一的西安人，他们都叫我西安土著。

老大是温州人，自带幽默体质。他从不搞笑，但关于他的笑话最多。刚进学校，大家相约去泳池游泳，老大带着香皂就去了。本来去泳池主要是看女生的，结果他满头白沫搓得不亦乐乎，被体育老师果断赶走，还被吼了一声："不许洗澡！下次游泳穿泳裤！内裤不行！"

有一天老大从城里回来，气哼哼地说："你们的羊肉泡馍真难吃！气死我了！"

我说："南方人吃不惯羊肉也是有的，我们觉得还可以。"

他说："哪有羊肉？我进去说要吃羊肉泡馍，他就给我一个碗里放了两个馍。我吃了半个，也没人理我，哪有羊肉？剩下一个馍我带回来了！太难吃了！"

温州人有钱，说话又让人听不懂。我们跟老大学会的第一句温州话是："才悟！"每次想从他那里弄点吃的，就听到他说："才悟！"我们跟着学，他就笑。说了很久，有一天卧谈的时候老大心情不错，才大笑着说："你们整天才悟才悟地说，你们知道才悟是什么意思吗？才悟是吃屎的意思呢！"他乐得喘不过气来，但我们大家从这以后都学会了正确地使用"才悟"。看到老大去厕所，大家说"老大，你去才悟啊！"老大端着饭盆进宿舍，我们说"老大，才什么悟啊？"老大有次被说急了，涨红着脸说："你们天天才悟才悟的，不恶心吗？还能吃下饭吗？"我们说："不恶心啊，觉得很洋气呢！"拥有一门独特的方言的好处是可以自得其乐地骂人，但坏处是只有自己会感到被骂。

我们抢老大的东西多了，老大也学精了，常常在晚上熄灯后偷吃零食。有一天晚上，他悄悄撕了一包花生吃，我们讨了半天也没给我们，大家什么也看不见就算了。第二天老大起床牙齿嘴唇全是黑的。大家吓一跳，问："老大，你昨晚真的才悟了？！"

老大一照镜子也吓了一跳，赶紧爬到上铺去看花生袋子，突然喊："为什么把防腐剂做得跟调料包一样？我吃了防腐剂啦！"原来这家伙吃方便面吃惯了，把调料包撕开撒进去还要捏碎了摇一摇。他想着花生也是这样，摸到一个"调料包"，就撕开如法炮制。满嘴黑色的粉末，应该都是氧化铁。

"老大，你吃了防腐剂，永生了！""老大，要不要去洗胃？""老大，摸黑吃东西很危险的！""老大，你会不会发明了一个新吃法？"……我们笑成一团，老大说："你们都才悟去！"

老大的生活条件好，他不仅有零食，竟然还喝听装可乐。有一天晚上，他喝了可乐，剩下半罐放在窗口。第二天一早，还没刷牙，他就拿起昨晚的可乐来了一大口。我跟他说话的时候，突然看到一只蚂蚁从他嘴里爬出来，沿着嘴角爬进了鼻孔。我呆住了，说："蚂蚁，老大！"老大说："没啦，真没啦！"然后就又有几只蚂蚁爬出来。我惊叫："老大！你嘴里有很多蚂蚁啊！"他连忙吐："呸呸呸呸呸！"

我去检查可乐罐，才发现可乐罐里全是黑蚂蚁！我像扔手榴弹一样把可乐罐扔出窗户。好奇怪，桌子上完全没有蚂蚁，全都集中在罐子里。蚂蚁比人还爱吃糖啊！这大概是我见到过最怪异的情景，有个人一边说话一边释放蚂蚁。

十几年后有部电影叫《木乃伊》，让我想起了那个浑身发痒的早上。

老二是河南宝丰人，我们都叫他二军。我从他这里知道，他的家乡有宝丰酒，还有著名的"黑马歌舞团"。老二家里穷，来报到的时候就已经没钱了。学校的困难补助是一件刘德华同款的军大衣，大家让给了他。他白天穿，晚上盖。他是决计不会向家里要钱的，所以从一入学就琢磨着怎么赚钱。他先是做家教，因为英语发音有太重的河南风格，被辞退了。教数学吧，中文发音河南味更重，学生本来会的也听糊涂了。然而老二没有放弃，依然骑着我的自行车到西安城东韩森寨的农贸市场里站着，车上挂个牌子，写着"西安交大家教"。

老二知道自己教不了，收集了家长的咨询信息就回学校物色合适的同学去做。我们都说老二厉害，起步就做了"妈妈桑"。那时候我们上大一，他经常把大二大三的学霸"贩卖"出去，赚差价。

有一次回宿舍他气哼哼地说要出去打人，我问怎么回事，他说有个家教不愿意让他挣差价，和家长私下成交了，他知道那个人的宿舍，他要去打他一顿。我们赶紧劝住，说："二哥，你再这样发展下去就不是'妈妈桑'了，你要成黑社会了！"

家教市场没做起来，老二等到了包车旅游的风口。每到春天，全校各个班级都想组织去华清池、兵马俑什么的。但学校的车队车破价贵，司机还像教授一样喜欢教训学生。

老二跟老五商量了一下，决定干票大的。他们去校外找了好几辆大巴，把学生证押给人家算是订金，然后回学校贴海报招募旅行团。"B2C"市场收的都是现金，门票车费都有得赚。连着跑了几趟车，两人眼看着就顿顿吃肉了，但好日子总是有限的，学校里像他们一样穷的人很多，而且都有学生证。于是包车竞争很快白热化，相当于前几年的共享单车。降价、促销、送服务……最后只好收购兼并，把去旅游的同学们像货物一样倒来倒去，就为了凑满一辆车。

老二有一天"翻车"了。不是车翻了，而是卖门票"翻车"了。一个不小心，老二做了冲动的投资，提前买了很多华清池的门票，结果那一家要被并购的标突然毁约了。几十张门票砸手里可不是闹着玩的，老二急了，站在华清池售票处门口拦着游客卖票，而且是学生票。

检票的发现很多老人家拿着学生票进公园，就启动了应急处置方案：老二被抓了。据说老二见到走过来的保卫处同志，第一反应是："大哥，要票吗？便宜！"最后的处理结果是："看在你们是交大学生的分上，就不送派出所了。门票不能再卖了，回去吧！"

老二就这样，春天搞旅游，军训卖护膝，开学卖"爱华"随身听，放假卖"505神功"元气袋，还顺便给民办学校招生。他愣是从来没问家里要过钱，还时不时给家里寄点钱。

在快毕业的时候，老二迷上了卖摇摆机。把脚放在机器上左右摇摆，很容易就摇迷糊了，据说是强身健体，能治百病。早加入早受益，你的下线卖出去的还能给你分钱。

老二在我们班兜售了一圈，我们都享受了一下摇一摇的乐趣，但三千多一台的投资实在超出我们的预算。只有隔壁宿舍的老王买了一台，他不是有钱，而是被这种挣钱模式激发了。两个人起早贪黑地发展下线，主要是靠给人放录像。后来，据说我们学校的保安和好几个教授都被发展成下线了。我有一天很佩服地问老二：

"你怎么会认识别的系的教授？"他说："兄弟，记住，没有人能拒绝五次拜访！"

当然，最终这个生意没有坚持到人人赚钱的那一天。老二因为发展得早，并没有赔钱。但同样因为太有事业心，他赚到的只是很多台摇摆机和录像机。

毕业后老二去了北京，进了国有大型企业。不到半年就被开除了，原因是他整天做生意，还发展同事做生意。我硕士毕业到北京就住在老二的宿舍（这时候他已经被开除了，但坚决不离开宿舍）。我说："二哥，你这样不行啊！赶紧找份工作吧！你看，我现在没工作，你也没工作，咱俩这日子咋过？宿舍还是临时的。"老二说："我是不会打工的！你算算，就算俺一个月挣六千，一年能攒一万块不？打工，永远是穷人。我必须创业，我只能创业！"这段话对我是洗礼性质的，老二算是我的创业导师了！他给我示范了很多错误的创业动作，让我少走了很多弯路啊！

来自湖南的老三是学霸。他属于比较早熟型的，有多早熟呢？这么说吧，有一次他和另一个同学在交大二村逛街，碰到那个同学的熟人，问："这是你爸？"

他那时候发量就不多，留着两撇小胡子，很像课本里画的清朝人的样子。早熟的好处，是三十年过去了他还这样，既没胖，也没有更老。

别看老三长得不像聪明人，他可是我们班"古往今来"、南来北往、彻头彻尾智商最高的人。平时我们看录像他也看，我们打扑克他也打，我们逛夜市看女生他也去，我们打篮球嗑瓜子他也参加。我这样的，大学平均成绩到不了六十五分，但每次考试，老三没有低于九十分的！恐怖啊！他无论考什么都是第一名。

后来我发现了老三的秘密，就是他一旦开始学习就六亲不认了。只要他坐在自习室的课桌旁，一道圣洁的光环就会笼罩在那个区域！再漂亮的女生进来，他也不抬头。和他一起上自习会自卑。我常常是坐下来先缓缓，看看周围的同学，有认识的还打个招呼。然后翻开书，睡一会儿。脖子酸痛得醒了，就出去走走。西2楼的教室挨个看过去，看有没有好看的姑娘。再回到座位上准备写作业，发现很多都不会。而这时候，老三基本已经写完了。我带着"下次再也不能这样了"的复杂心情，照着老三的作业抄完，而他在旁边看着DOS语言之类的"课外书"放松。

老三后来一路读到博士，但不知为什么放弃了博士学位，去外企做了总经理。说实话，他要让我教，说不定能得个诺贝尔奖。我这个人虽然不太善于做作业，但很善于看到他人的光芒。这样的天才，做总经理，真是白瞎了。

老四是个热情的沈阳小伙儿，大个头，帅气，爱开玩笑。我们以为东北人都抗冻，其实他们最怕冷。走哪儿都带着一个棉质"屁垫"，在校园里看到拎着"屁垫"的，肯定是东北人。老四是东北人中的东北人，因为他还会把"屁垫"放在手指尖上转。他经常转着"屁垫"走出 27 舍的楼门，还大声朗诵着豪放派的诗词："老夫聊发少年狂，左牵黄，右擎苍……会挽雕弓如满月，西北望，射天狼！"搞得每天上课好像要英勇就义一样。

老四比较开朗，看起来像是见过世面的样子。大一刚开学，除了老大，大家都喊穷，凑在一起商量怎么赚钱。老四说他知道一个方法特别赚钱，而且不需要本钱。大家问："不是抢银行吧？"

老四故作神秘地说："不用抢银行，那多没技术含量！我们要专做有钱人的生意，只有有钱人，才有钱。"

我们很兴奋，有人问："是唱二人转吗？"

老四笑笑，说："咱们是大学生，有知识的人，赚钱要靠脑子。"

大家急了，催促他："快说快说，咱不缺脑子。"

连老大都凑过来，想贡献点脑子。

这时候老四神秘地让大家把头凑近，说："擦车！"

我们有点失望，表示擦车似乎不需要太多脑子。

老四说："不懂了吧？擦车很需要脑子！去哪儿能找到车擦？需要带什么工具？先要钱还是先擦车？怎么擦出泡沫？怎么能不把车刮花？你们都知道吗？"

我们被问傻了，表示自己的脑子确实不太够用。

老四说："我高中的时候跟别人出去擦过，一天下来运气好至少挣五十！"

"五十！"我们惊呼。

我们愿意为五十做任何事。于是我们借了班上的塑料红桶，每人带了一块抹布，拎着半桶水，挑了一个阳光明媚的下午走出了校门。

那是比较伤感的一天。我们一辆车都没擦到。最接近成功的一次，是在金花饭店的停车场，刚把一辆车弄湿，就被保安发现，给赶走了。那半桶水一开始觉得不沉，但是从交大走到金花饭店，肯定比少林寺的武僧练习挑水更有挑战！我们问老四："你在沈阳真的赚过五十吗？"他支支吾吾地说他其实也是听说的。好在我们心态比较阳光，拿少半桶脏水泼了他了事。这小子后来在机场工作，做地勤。我猜他可能会说："有一架航班即将进港……我听说的。"

老五是我进入宿舍见到的第一个人。他和我都按照坐火车选铺位的常见逻辑，选了靠窗的两个下铺。为了宣示主权，我在墙上贴了一张周慧敏，而他选择了关之琳。很快我就发现，这个四川射洪来的家伙特别爱抬杠。有一天说起面条，我以为会收获外地人对陕西面条的无条件好感，结果他说："你们这的面条不行！没有我们四川的面条好吃！"

我被彻底挑战了，还有人敢说陕西面条不好吃？我说："你们那儿有啥面条？"他说："我们的面条是机器压的，很好吃！"什么？还有机器压的这种不入流的吃法！我说："你会不会吃？机器压的面条我们都不吃的，不筋道！"他说："你们这种面我们都不吃的，拉条子，油泼面，都太硬，不舒服。"……我们为这样的话题能争论一下午。很多年后我才吃到了担担面，觉得老五说得也不完全错。现在想想，好争论的人，多半是因为见得不够多。

老五和老二有个同样的问题，就是普通话不好。普通话不好，英语听力肯定不好（外国人除外）。他们中学就没有听力课，高考是胡乱蒙的。有一次，英语三级考试结束后，大家对答案，老五和我的听力答案没有一个一样的。我很认真地对他说："我可以保证你全错了！"他问："怎么'肥四'？"我说："因为我全听懂了，保证全对。"老五有点沮丧，而且并没有跟我抬杠，说："我确实啥也没听懂，都是蒙的。一个也没中，也是见了鬼了。"那次考试我九十二分，他不及格，是他整个大学唯一一门挂科。我觉得主要是因为他不承认陕西面条的地位。

很多年以后，我和老二去加拿大卡尔加里看望老五，他买了几栋小别墅，把全家都接过去了，他有一对双胞胎女儿和一个小儿子。他已经可以用英语流利地处理各种问题，虽然还有浓浓的四川味儿。而我九十二分的英语，已经退化到只能请他帮忙翻译了。

我问："你竟然会说英语了？怎么'肥四'？"他说："这确实 very funny，我刚到加拿大的时候，读材料学的研究生。开学第一天，导师就让我给本科生上课！Oh shit! 我吓傻了！本科生都是加拿大当地人，没有一个亚洲人！我就豁出去了！一边蹦单词，一边画图，一边比画，还说中文。竟然上完了，老外也能听懂。一个学期下来，我就不怕跟老外说话了！"

老五成熟了，让人意外地学会了谦虚，他说："还是你们留在国内好，一个个事业做得风生水起的！不像我们就是给资本家打工，压力很大的。"

老二说："哎，还是你这好，满地都是野兔子，还有鹅！"

"哎，你别说，这边也就这点好，空气是没的说，绝对绝对没有雾霾！孩子的教育好，不用买学区房，没有高考。还有就是医疗好，全报销……"

看到老五眉飞色舞地给我们普及移民知识，我知道他一点都没变，还是会坚持"机器压的面条更好吃"。

大学四年最与世无争的就是老六了。他从江西泰和县考过来，长得很清秀，永远面带微笑。老六说他初中学习成绩不好，太皮了，高中没考上。家里已经给他收拾好了行李，让他去广东打工。临走前一天，家里来了一个要饭的。虽然没有要到饭，但是临走撂下一句话，说你家这个小儿子是个读书的料，能光宗耀祖。家里人忙拿了包子追出去，那老人却已不见了踪影。不过家里人确实也因此有点含糊了，问他："想打工，还是再上一年初三？"老六被要饭的激励，决定再上一年。我们班有很多高考复读的，这中考复读的还真就他一个，而且是被乞丐点化！

老六喜欢音乐，先后学过口琴、笛子、吉他和架子鼓。从没见他公开表演过，也没有见他在女生宿舍楼下弹奏过，就是自得其乐地在宿舍整出点动静来。而且熄灯后就拒绝再玩，他知道吓人不好。最令人费解的是，快毕业的时候，他去报名学架子鼓。现在的孩子都考个驾照、会计师资格证、程序员什么的，他却去学个架子鼓。而且没有鼓，只发了两根鼓槌。他就每天背着两根鼓槌上课、实习、写论文，经常一个人对着窗外，两腿叉开，呈八字形地坐着，一边抖腿一边点头，一边用鼓槌敲桌子。有一次我推门进屋，以为他触电了，差点一脚踹过去。

我俩聊得比较多，我问他："为什么要学架子鼓？没什么用，也没法带着到处走，不能独奏，家里也没地儿放，楼上楼下还会投诉。"

他说："没有用的事情也可以做吧！你不觉得我们每天做的自以为有用的事，已经太多了吗？"

"自以为有用？"我不太理解。

他说："对啊，考试，背书，精工实习做个锤子，电工实习做个只能收一个台的收音机，你觉得社会需要咱们做个收音机吗？""嗯，还有看录像。""看姑娘。""吹牛皮。""写这些垃圾论文。"……讨论的结果，是让我觉得那两根鼓槌是最有意义的东西。

老六毕业去了镇江，进了一家大型造纸厂，后面几十年没有换过工作。

我们这七个人住在一起四年，几乎没有吵过架。不抽烟，不喝酒，不打麻将。最奢侈的娱乐活动，是聚在一块儿嗑瓜子。

周六晚上，到东南门外的夜市上，花四毛钱可以买一大包香精味十足的葵花子儿。我们就围在桌子边，边嗑瓜子边聊天。听老大吹他们那里雁荡山的"破布"（瀑布），听老二说他们那里"黑马歌舞团"的精彩节目，听老三说他们在湘江边游泳边拉屎的畅快感受，听老四说他们冬天撒的尿直接变成冰棍的情景，这时候老五说："你们这都不算啥，我们那里最喜欢吃的是放屁虫。"

放屁虫怎么吃？温水一碗，树上抓来放屁虫若干。把放屁虫无情地倒入碗中，看它们一边放屁一边竞速游泳。这时候碗上会有一层黄色油脂，那就是液态的"屁"。仔细观察，发现油脂不再增加的时候，把放屁虫捞出来，放进油锅里炸。炸熟后，盛在碗中，就可以当零食享用。口感和吃法，跟瓜子一样一样的。香得没法说！

老六不太爱吹牛，但他说他有个哥哥能飞檐走壁还见过鬼……

一直到熄灯，我们继续嗑瓜子，聊天。第二天起来，宿舍里像是铺了一层瓜子皮地毯，踩上去软软酥酥。

老 党

写老党不能用化名。虽然对读者来讲，他是老党还是老张是无所谓的，但对于我，那张面孔，那段青春，只能够叫作老党。

我认识老党的时候他十七岁，意气风发地考进了重点大学。我是我们宿舍年纪最小的，他是他们宿舍年纪最小的，住在我们对门。我俩都是陕西人，我在西安长大，他从白水考过来。1993 年，能一次考上这所大学，绝对是全村人的骄傲。他性格外向，说话声音大，爱开玩笑，说话的时候总是嘻嘻哈哈的。他个子又高，身材精壮，大家就选他做了文体委员，负责叫队、领操。

那时候学校要求晨跑，每个人有一个小本本，天还没亮就从被窝里摸出来，黑灯瞎火地跑到学校大操场，找到体育老师盖个章。冬天的时候，这实在是一个苦差事，有些人就爬不起来，比如我。有人发明了用橡皮刻假印章，替体育老师盖章的办法。可惜，很快就被发现了。有人会趁着老师盖的红章"血仍未冷"，赶紧印在第二天的空格处，这样至少可以少跑一天。总之是各有各的办法。

老党是文体委员，他每天都跑，还会"挨家挨户"叫大家起床一起跑。他来摇晃我们的架子床时，我会把小本本伸出被窝，说："帮个忙！老党！"

老党总是骂骂咧咧地接过小本本，奔赴遥远的体育老师那里。有时候他会带五六个小本本，这就需要他在体育老师周围绕很多个圈圈，每次都要显得气喘吁吁刚刚跑到的样子，用不同的姿态递上小本本，用不同的音调含混地说一句："老师早！"

等到天微微亮的时候，老党大着嗓门回到宿舍，一边骂着"你们这帮懒虫"，一边把小本本依次甩在我们的床上。

我和老党还一起做过一件事，就是制作了全班同学的身份证。那时候的身份证是一个塑料压模卡片，里面纸上的字都是手写的。派出所叫我们去两个人，要求其中一个要写字好看。老党写字好看，而我知道派出所在哪里，所以就是我俩一起，翘了半天课，在派出所里亲手制作了全班同学的第一张身份证。我负责整理资料，核对身份证号，老党负责抄写卡片，然后我们一起过塑。一张看起来很假的真身份证，就做好了。

大学四年其实过得很快，老党的经历也乏善可陈，挂了一两科，但总体成绩还不错。追过一个英语系的女生，达到过一起上自习的程度，但也没有其他进展了。在男女生比例六比一的工科院校，追女生肯定比考试难。我们都是没有女朋友的人，而且我们班还没有女生，所以每天的生活都差不多：上课，吃饭，打篮球，上晚自习，看录像，挎着板凳到大操场看露天电影，谈论那些追不到的女孩子……一晃，大四了。

老党打算考研，当然，找工作也可以。我选择了留校，所以全班我最闲。同学们大都在复习考研，早出晚归，我常常一个人在宿舍里无所事事。有一天我到对面串门，听说老党住院了。

"老党？他怎么会住院？"在我印象中，他永远精力充沛、乐乐呵呵，我们常说他精壮得可以做三级片明星，怎么可能？

原来，毕业体检的时候，老党的血压有点高。医生很负责，非要查出来为什么血压高。后来的结论是，老党的肾上有一个小小的血管堵塞了。可以做一个小小的内科手术，不用开刀，用一根管子伸进去捅一下就好了。无创，也用不了几天。不做也可以，但趁着有公费医疗，医生建议还是做了的好。我们那时候的公费医疗确实很优惠，个人只需要支付百分之二的费用。一千块的手术，我们只要出二十块就可以了。我不知道老党有没有跟家里人商量，总之他去住院了。

我作为班里的闲人，就去医院看他。去的时候手术已经做完了，因为创口不大，所以他精神还不错。躺在病床上还能和我们开玩笑，临走时，托付我们下次给他带一些考研的复习资料来。又说不用了，过两天就出院了，因为同病房同一种病的几个病友都已经出院了。

就在我们都以为他会很快回来的时候，医院来电话了，让我们去人签字。老党住院的时候留了宿舍的电话。我们赶到医院的时候，老党已经被送进了 ICU，医生说老党的肾脏结构特异，所以内科手术后内部大出血了。现在要切掉一个肾，才能保命。

"你们谁是患者家属？"

我们说我们是患者的同学，他的家属在外地。医生说必须是家属签字，要快，不然有生命危险。我们慌乱地联系老党的家人，他们往西安赶，同时授权我们可以签字先做手术。我忘记是谁最后签的字，总之，老党的一个肾没有了。

我记得我问医生："切掉一个肾就没问题了吗？"

医生很肯定地说："最糟糕的情况就是切一个肾，血管都没有了，怎么会继续出血？"

我们想，虽然可惜，但一个肾也是可以生活的。我们说想看看老党，医生说 ICU 不能进，只能扒在玻璃窗上看一眼。

老党很虚弱地躺在床上，戴着呼吸面罩，身上也有很多导线和管子。他的意识是清醒的，隔着玻璃看到了我们，挣扎着笑了一下。他手边有个本子和笔，应该是他和人交流的工具。他摸索着在本子上写了一个字，费力地举起来给我们看。那是一个"疼"字。我们的眼泪唰地流了出来，再也没有开低级玩笑的心情，示意他不要动，好好休息。

第二天手术，结束后我问医生："怎么样？"

医生说："肾脏切掉了，但患者处于昏迷状态，这对他的大脑也是一种保护，否则会过于疼痛。过几天如果人醒了，就没事了。如果醒不了，可能就成植物人了。"

我们没法跟医生辩论，虽然不明白为什么切掉一个肾的手术，会让大脑昏迷。我们只能祈祷老党尽快醒过来。

过了几天，医院来电话说患者醒了。我赶紧通知老党的爸爸，一起去了医院。这次是满怀希望的，因为医生说了，如果患者能醒就没事了。但当我们赶到医院的时候，老党又被推进了手术室抢救，说是他体内又出现了大出血。

手术时间很长，我让老党的爸爸去吃口饭休息一下，我在手术室门口盯着。老人家走了不久，老党被推出来了，脸上盖着白色的床单。

我记得很清楚，那是在春节前。因为医生走出手术室的时候，一边摘着手套一边问旁边的人，今年都发什么年货。我们几个堵住医生的去路，问他："为什么？不是说人醒过来就没事了吗？"

医生说："术前风险告知单上写得很清楚了。手术存在各种风险，患者的体质比较特异，我们很多年也没见过这样的病情。你们抓紧时间联系太平间推走吧！"

体质特异？老党有什么特异之处？他爱学习，爱锻炼，爱打篮球，想谈恋爱，为人友善，他的理想跟我们每个人都一样，怎么会特异呢？医生若无其事地走了。我不知道医生的内心是不是若无其事，但我看到的就是，他像做完了一天的功课一样，和同伴说笑着走了。

可能是见太多了吧！但我们的老党却冰冷地躺在了白床单下面。而我们，第一次和死亡如此接近。

太平间的人推着一台细长的车子来了，让我们把老党从手术室的床上搬到车子上。这个穿着蓝色大褂的老头一边哼着歌，一边猛推着车子。他不管不顾，见惯了生死的样子，把载着老党的车子朝走廊的人群推了出去。车子自己横冲直撞，人们纷纷躲避，他哼着歌不紧不慢地跟上车子，再发狠一推。我们从没见过有人会这样对待遗体，电影上都没有。我们赶紧冲上去拉住了车子，慢慢地推着，跟着蓝大褂走向下一个从没去过的地方。

太平间在医院的角落里，墙外就是热闹的大街，但墙里却明显阴冷安静。太平间里整面墙都是冰柜。地上还躺着一位身穿军装的白发老人，身上盖着党旗。蓝大褂不和我们说话，他的所有提示都是用粗鲁的动作。我们把老党抬下来放在地上的担架上。他的身下还有血水缓缓地渗出来，天知道他都经历了些什么。

有同学去买了一身简单的寿衣。我和老党的爸爸一起帮他穿上衣服。他的身体还有微热，关节还是柔软的，只是全身都像散了架一样随时向下倒去。经过这么多天的折磨，老党瘦了很多，两腮的肉都没有了，肤色蜡黄，像一尊失败的蜡像。我们满头大汗地给他穿好衣服，拉开冰柜，把他安放进去。冰柜是上下连体的，一拉开，六个抽屉，只有一个空着的，属于老党。

老党的父亲是个典型的农村老人，满脸的沟沟壑壑，有泪水流下来也是悄无声息。我们关上冰柜，走出太平间的时候，天已经黑了。院子里黑压压地站满了人，都是我们的同学。同学们鸦雀无声，都不知道该说些什么。老党的父亲站上了一个台阶，说了句："唉！谢谢同学们！"然后突然地泣不成声。黑暗中三十多个大小伙子也都呜呜地哭了起来。死亡是一件非常无奈的事，让活着的人觉得很荒谬。老党明明是那么生动的一个人，怎么突然就变成了一个蜡像？我们沉默着走回学校，生活还得继续。有人考研，有人写论文。

我们在全校帮老党做了一次募捐活动。医院也同意不需要再缴纳剩下的费用，条件是双方达成和解，不再追究。在募捐活动上我看到了老党爱过的女孩，她也向捐款箱里投了钱。我问她能不能来参加老党的追悼会，她有点慌乱，说："我不是他女朋友，但我也很难过。"说着眼泪就掉了下来。我说："没关系，我只是邀请你来。你如果能来，我想他会很安慰。"

追悼会的前一天，我们到医院，把老党抬到殡仪馆的车上。又到殡仪馆，把他存放在一个更大的冰柜里。我记不得谁一直和我一起，我的感官可能被封闭在了深深的震撼和紧张之中。我唯一记得的是，除了我们自己同学和家人之外，所有的工作人员都不会伸手帮忙。只是在我们搬运完之后，递给我们一张酒精棉片。甚至最后把老党推进火炉里，也是我们来完成的。

那是一辆长长的车子，遗体躺在上面。火炉的门打开，里面有熊熊的烈火和不断喷射的汽油。我们五六个人推着车子朝火炉冲过去，车子撞在火炉前面，遗体沿着车子前面的滑轨冲进烈火中。师傅说："好了，你们可以出去了。"

最终，老党被放在一个温热的木盒子里送了出来。我抱着他，把他交给了他的家人。在人群中我看到了外语系的那个女生，她哭肿了眼睛，目送着老党和他的家人回家。我们对她充满了感激。老党二十一岁的生命里，有过爱情。

在这以后，我们都过着普通的生活。找工作，评职称，买房子，给孩子找幼儿园，孩子小升初、中考、高考……如今我们的孩子里年纪大的都已经大学毕业了，生命完成了又一个轮回。二十一岁，老党在最美好的时光里离开。佛家讲渡劫，我愿意相信。那些提前离开的人，是因为完成了这一世的因缘。老党比我们有福德。只是知道他的人太少，很少人才知道，曾经有一个热情活泼、有爱有恨的年轻人来过。但只要我们班这三十五个兄弟还在，他就活在我们的记忆之中，永远年轻，永远朝气蓬勃。

刚 子

　　刚子现在很少跟人说自己是哪个大学毕业的，因为每次说过后，听到的人都会很吃惊："看不出来哟！这么厉害的学校！985 哟！"人们难以掩饰自己的惊诧，其实是最直白地表达了对刚子的印象。是的，刚子已经越来越不像一个大学毕业生了。

　　1993 年，刚子第二次高考。家里两个姐姐两个哥哥都提前辍学了，只有刚子还在上学，因为他实在是学习太好了。妈妈每年为了开学的五块钱学费，都要从村东头借到村西头。第一次高考，刚子离专科线还差二十多分，但已经是全校第一名了。毕竟，乡里中学的学生，每天最担心的是能不能活着。所有男生都带着刀上学，刚子也准备了一把，但一遇到事就紧张得把刀掉在地上。复读时，刚子转去了工厂的子弟学校，这里环境好多了，没有人带刀，宿舍还要求刷牙。刚子这一次就考上了 985。

　　录取通知书来的那一天，仿佛就在昨天。村里人都聚拢过来等着发糖、请客。所有人围着刚子夸奖、拍打，好像是第一次认识这个土豆一样的少年。老实巴交的父母一边张罗借钱一边笑得合不拢嘴。哥哥姐姐们当然也高兴，但更多的在考虑上学的钱从哪里来。刚子不知所措，只觉得未来似乎打开了一丝亮光，以后这个家可能要靠自己啦！但现在，他只会傻笑。

　　好在 1993 年时学费还不贵，再加上刚子是全村第一个考上这么好的大学的孩子，借钱还是比较顺利的。二哥代表全家送刚子到西安上学。到宿舍放下铺盖留下生活费，二哥说："我走了呀！"刚子说："行，你走吧！"二哥顿了一下，说："那我走咧！"刚子忙着熟悉宿舍的架子床和宿舍里几个从外地来的同学，二哥自己下楼走了。后来刚子才知道，二哥走的时候身上没有一分钱了。他真的是走回了咸阳。

　　大学里的刚子再也没有复读时的拼劲了。同学们都太优秀，拼也拼不过。刚子也默默地给自己打过几次气，没啥效果，也就默认了六十分万岁。甚至还有几门课都没到六十分，好在老师们宅心仁厚，补考都给过了。刚子省吃俭用，一天吃饭只花一块多钱。剩下的钱，都花在了录像厅里。日场三块，夜场五块。刚子生活在周润发、刘德华、叶玉卿、叶子楣的世界里。性的问题是很重要的，刚子个子矮也不爱说话，整个大学期间都没和女生说过三句话。只有在昏暗的录像厅里，他是情圣，是兰陵笑笑生。

每次从录像厅里出来，都是刚子自责爆棚的时候。"你看录像的钱是哪来的？""你看录像的时候你的同学们都在上自习！""你除了认识三级片明星，还会弄啥？！"

但深深的自责，也无法抵消录像厅海报的诱惑。"夜场 ~ 纵横四海 ~ 剑奴 ~ 色情男女 ~ 待定 ~ 待定"，每次一看到"待定"，刚子的心就被撩拨了起来。其实有时候"待定"就真的只是老板还没想好放什么，并没有性暗示的意思。

老板们似乎很懂得间断满足的心理原理，偶尔有玉体横陈的猛片，但大多数时候只是《肖申克的救赎》或者《东邪西毒》这些正经电影。最离谱的是，有一次待定的竟然是迈克尔·杰克逊的演唱会！全场荷尔蒙爆棚的大学生借着摇滚乐又叫又砸表示抗议，录像厅里沙发上的口子都是观众对迈克尔·杰克逊的报复。

刚子不算是最好的毕业生，但也肯定不是最差的。完成了高考这唯一确定的目标之后，绝大多数人都像刚子一样，开始毫无目的地漂泊。那时候陕西有个规定，陕西籍的毕业生只能在陕西工作，否则不发派遣证。今天看来派遣证算个啥，但当时刚子乖乖地找了个陕西的龙头企业签了约。第一个月就挣了三百八十多块钱，刚子觉得很不错，听说很快会有绩效奖，说不定能上五百块！

厂里对刚子这样的大学生很重视，统统安排去车间干体力活。国企锻炼人是有固定节奏的，先下基层，再到办公室，再到分厂，再跟领导，再当领导。那些比刚子更听话留在厂里一直干的同学，十年后差不多都当了领导。一个个耀武扬威，到村里真的就算光宗耀祖了。十年，回头看不就是一瞬间的事吗？可那时候的刚子怎么能等十年？体力活干了不到半年，刚子决定去广东闯一闯。原因可能有两个，一是听招工的人说工资高，去了就能拿三千元！二是周润发、刘德华、叶玉卿、叶子楣不都在香港吗？刚子上大学学的就是香港文化。

南下的列车把刚子带离了故土，也带离了按部就班的轨道。从此他和千千万万的打工仔打工妹一样，漂泊在南方湿热的天空下。母校的文凭还是管用的。每次招聘会的时候都能给刚子争取到一个面试的机会。面试的结果永远是一个技术岗位，大家似乎都认为刚子不适合做管理。研发刚子是不行的，大学学的专业课早就丢在宿舍了。质检还可以，会做简单的抽检流程就可以。质检这个岗位最大的问题是见不到领导，只能和生产车间的拉长、工人打交道。但每个月几千块钱，比一线工人多多了。刚子很满意。打工妹子们都是十六七岁的小姑娘，见到刚子还要叫一声"刚工"。刚子的优越感得到了满足。

自从洛阳录像厅的一场大火，全国的录像厅都关门了。刚子只好勉为其难，下了班悄悄去歌厅。在歌厅里刚子遇到了爱情，有个叫"小翠"的姑娘，看起来有点害羞，要小费也不积极。刚子就有了怜惜之情。小翠跟刚子回了几次宿舍，也没谈过钱，刚子甚至感到有了家的感觉。刚子问小翠为什么要在歌厅做，小翠就哭了，说自己年轻不懂事，打工的时候怕吃苦，给香港人做了小三，后来香港人跑了，就只好在歌厅做。刚子温柔又大气地搂着小翠，说："以后不要做了，我养你。"

两个人甜蜜了不到一个月，小翠突然提出要带刚子去见父母。刚子一愣，说："我还没想好。"小翠突然破口大骂，说："我就知道你想白玩！行！你不去也行！

给我一万块！"刚子吓蒙了，但也知道这个女人不能挽留，只好说："我没钱，我怎么可能有一万呢？你走吧！"小翠突然披头散发地冲过来，推开窗子大声喊："强奸啦！强奸啦！"刚子在三级片里也没见过这个，连忙关上窗，捂着小翠的嘴，说："我存折上就三千，都给你！"小翠跟刚子到银行，取走了存折上的钱，还要走了刚子新买的三星手机。临走时，小翠在大街上指着刚子的鼻子说："穷鬼，没钱就别玩女人！"那天晚上刚子哭得很难过。

刚子知道小翠说的是对的，他应该改邪归正了。他再也不去歌厅了，一边工作，一边和打工妹暧昧。快三十岁的时候，他娶了一个刚满十八岁的打工妹。刚子的岳父比刚子大不了几岁，听说女儿要嫁给一个"老头"，专门赶到广东来拆散他们。和天下所有的父母一样，刚子的岳父不知道越被反对的爱情进展越快。刚子很快将"生米煮成熟饭"，并承诺将来一定买房买车，于是有情人终成眷属。

刚子有了稳定的家庭，又换了几份差不多的工作，贷款在佛山买了个小房子。这对活跃的老夫少妻很快就有了孩子，是个女儿。两个人之前苦命鸳鸯的剧情也很快被柴米油盐的压力打败。女孩发现刚子并不像她心目中有文化的大学生一样知书达理善解人意，刚子也总是鄙夷老婆的物质欲望和俗气举止。最终像刚子小时候看到的父母解决问题的方式一样，两个人常常破口大骂，大打出手。女儿经常被吓得哇哇大哭，连邻居们都常常要帮忙报警。

刚子觉得自己很失败。他不知道怎么做个好丈夫，更不知道怎么做个好爸爸。他唯一能做的是不停地换工作，期望能遇到一个"好"工作。大多数时候不同的工作只是工作地点的变化，工作性质还是质检。韩资企业、日资企业、内资企业、美资企业、欧洲企业……换了很多公司，刚子的技能和薪水都只是略有变化。刚子觉得是老婆拉低了自己的人生定位，老婆的朋友都是打工妹，而他自己又没有朋友。他的收入比上不足比下有余，就这样白天上班，晚上吵架，吵完架做爱，日子凑合过。

三十五岁的时候刚子终于突破了一次，他成功地应聘上了一家五百强灯具企业的采购。公司看中刚子多年的质检经验和老实巴交的外形，刚子也觉得终于混出头了，这就是一份"好"工作。做采购确实比做质检好。首先是可以经常出差，这样就不用天天跟老婆吵架。其次是到哪里都有人招待，吃饭喝酒唱歌。客户发现新来的刚总歌唱得很好，纷纷恭维，哪里知道这唱功里有刚子多少年的浸淫。刚子职位不高，胆子也不大，所以收不到太多钱，最多是收点礼物在歌厅桑拿放纵一下，几年下来他也没挣到什么钱。

三十八岁的时候，刚子有了第二个孩子。那天刚子打电话给大学同学一帆，一帆是刚子最好的朋友，两个人有最深的"录像厅交情"。一帆接起电话的时候听到呜呜的哭声。刚子边哭边说："老二出生了！是唐氏综合征！"一帆说："你们没做筛查？""生老大的时候做了，老大没事，我们就以为老二也应该没事。为了省点钱，就没做！呜呜。"一帆劝刚子还是要好好养孩子，唐氏的孩子是最善良的孩子。他们对外界完全没有防备心，所以需要得到格外的照顾。刚子说："有什么办法，都是命！"

刚子在采购的岗位上干了十年，每天最主要的事就是被人招待。只要不贪污，公司那就能说得过去。十年，就要签终身合同了。刚子很高兴，觉得当年答应给老婆买房买车的，应该买辆车庆祝一下。房子的贷款还没还完，家里没什么积蓄。两个人商量了一下，就买了辆七八万块的日本车。就在提车的当天，刚子开车带老婆孩子去南海玩的路上，接到了公司人力资源的电话。

刚子被裁了。道理很简单：你四十多岁了，拿着一万多块钱的工资，干着二十多岁的大学生就能干的活。公司凭什么给你签终身合同？刚子吼着说："你们这是卸磨杀驴！我要告你们！"人力资源说："省省吧刚总，合同签得很清楚的，下周赶紧来把补偿领了吧！加油哟！"

刚子一怒之下把佛山的房子卖了，搬家到了中山。其实也不是一怒之下，而是中山的房子便宜，换房子可以挣一点差价，有几十万吧。刚子现在最大的问题是找不到工作。年纪大了，技能呢？K歌之王？刚子突然发现自己好幼稚！这些年和客户喝酒唱歌洗澡，人家都在挣钱，只有他在认真地喝酒唱歌洗澡。老婆要照顾两个孩子，尤其是老二，一刻也不能离开人。不换房子，吃饭都成问题。说来也怪，自从他们搬到中山，佛山的房子就一直涨。后来甚至听说他们过去的小区被并进了广州！刚子的种种不顺心都会成为吵架打架的导火索，中山的邻居也开始学会了帮忙报警。

刚子投递了几十份简历，也试着和以前的客户工友联系。除了个别的零工之外，确实没有合适的工作。一帆劝刚子可以试试送外卖，或者代驾，养家糊口不丢人。刚子却始终鼓不起勇气。倒是刚子的老婆找到了一份幼儿园出纳的工作，可以照顾老二，一个月还有两千多元的收入。老婆去上班了，刚子一个人在中山周围的山上转，每天至少走三万步。刚子就这样走到了五十岁。

虽然挣钱少，但至少有套房。只要省吃俭用，日子还能过。突然有一天刚子回家看到老婆在哭。刚子说："哭啥哭？小的又不听话了？"老婆摇摇头，哭得更厉害了。刚子说："咋了？你赶紧说！"刚子想，如果老婆提出要离婚，我就答应。但老婆并不是要离婚，她说："我被骗了！欠了银行一些钱！"刚子一听到钱字，脑袋就"嗡"的一下子。这个婆娘，肯定是网购借花呗，再多欠几万块真的不要活了！"多少？""我不敢说！""你说！几万！"老婆一直摇头，哭，不说话。刚子急了，心里越来越慌，一拍桌子，吼道："快说！"老婆被震得一惊，抬起头来，很快地说："一百九十万！"刚子瘫坐在椅子上，他从来不认为这个量级的数字会和自己有关系，更不可能是债务！刚子扑过去掐住老婆的脖子，一边摇晃一边喊："你到底做了什么！你做什么能欠这么多钱？！"

问题出在出纳这份工作上。刚子老婆做出纳，有很多钱走个人账户。就有人找过来，说你的账户这么大的流水量，不办信用卡太可惜了！你办了信用卡，把钱刷出来，拿给我们理财，我们保证年化百分之三十的收益率。而且，你只要套出两百万，我们就立刻赠送给你一辆宝马轿车。说了几次，还带着她去公司听课参观，女人就动心了。宝马虽然只是入门级，但也的确是宝马。于是她就用幼儿园走账的卡办了信用卡，刷了两百万给公司。把入门级的宝马开回了家。公司只返还了十万块钱，就人间蒸发了。整个城市被卷走了几十个亿。刚子之前见到老婆开的宝马车，还问老婆是不是被大款包养了？老婆说是借同事的车开着玩的。再加上两人常常不见面，刚子也就没当回事。后来报案才知道，就这辆入门级的宝马，骗子也只付了两万块的首付。

刚子这次没有打老婆，也没有要离婚。毕竟有两个孩子，老大正在叛逆期，老二需要终生照顾。刚子把房子挂出去，但一时卖不掉。又找亲戚同学朋友借了一圈的钱。最后还是老婆的父母比较疼女儿，一大家子人一起努力给银行分期还款。刚子又换了个更小的更远的房子。老婆总算是没有坐牢。

疫情防控期间，一帆来深圳出差。他这几年创业算是成功，做了一个专门解读怀旧电影的账号，讲的都是当年和刚子一起在录像厅里看的电影：《勇敢的心》《钢琴课》《壮志凌云》……刚子从中山跑到深圳见一帆。

一帆问："你俩现在都没工作了，日子怎么过？"

刚子笑了笑说："马爸爸借一点，刘强东借一点喽！"

一帆说："那怎么行？借钱要给利息的！送外卖的工作总可以找到的，不丢人！"

刚子说："我知道的，我知道的。"

两个人默默地坐了一会儿，一帆说："你知道吗，今年是咱们认识的第三十年了！"

刚子说："是啊，一晃三十年！"

街 头

　　自从和整个宿舍的人提着半桶水，走了大半个西安，并且一分钱也没赚到之后，我意识到我可能需要单飞了。老二每周雷打不动地去经二路菜市场展示家教的牌子，就能赚到不少钱。然而我不想和他展开恶性竞争，主要我舅就住在经二路，被他们看到多尴尬。我得想点别的辙。

　　有一天，我和刚子看完录像回学校的时候，在公交车站遇到一个脸熟的同学，手里停着一只鸟。是的，一只硬塑料做成的展翅状的小鸟，尖尖的喙放在指尖上，它就能悬停在那里，还上下晃动。那时候街上还没有很多两元店，所以我和刚子都没见过这个。

　　我们嬉皮笑脸地问人家："这是什么东西？"

　　那个同学一脸得意，说："没见过吧？这是最新的潮流玩具，你可以放在手上，也可以放在桌子角上，还

166

能放在鼻尖上……"

我说："了解了解，重心在嘴上。你拿着这个逛街？你的宠物？"

那小子一撇嘴，说："宠物？切！这是我的生意！我这个暑假就靠卖这个赚钱呢！"

"钱！"刚子看录像看得已经快破产了，听到钱立刻凑了过来。

"能挣多少钱？比做家教还多？"我保持着怀疑的态度。

"家教？家教也叫生意？这么说吧，这个暑假我卖这个赚了一千块！"

我和刚子石化在公交车站，那个遛塑料鸟的同学扬长而去。一千块！什么概念？一碗油泼面两块，一场录像三块，一个月的生活费一百块，谁能花掉一千块这样陌生的数额呢？刚子来自陕西农村，偏偏爱上了看录像，已经穷红了眼。我比他强点，坐公交车都是我买的票。既然他能赚一千块，我们为什么不能？王侯将相宁有种乎？说干就干！我俩没有回宿舍，直接上公交车去了轻工市场。运气真好！每个摊位都有这种鸟！

很多年以后，当我成为很多人的创业导师的时候，我常常会想起那天在轻工市场的感受。市场如此饱和，竞争如此激烈，我们看到满地抖动着的鸟，竟然没有一丝怀疑和犹豫。一千块的诱惑已经完全击溃了我们的理智。我们走向一个摊位，看摊的是个二十来岁的姑娘。

"阿姨你好！我们是交大的学生！"

"叫谁阿姨呢？"姑娘笑得花枝乱颤。

"哦，老板你好！我们是交大的学生。我们想代理你们的鸟。"

"交大的？要鸟干啥？"

"我们想勤工俭学，进行社会实践。看到这种鸟很有意思，在大学校园应该很有市场！我们可以做校园代理。"

"行！十块钱一个，卖多少钱随便你。要几个？"姑娘倒是很干脆。

"哦，谢谢您的信任！问题是，我们没钱！"

"没钱倒在这儿弄啥呢？还把人胡叫阿姨！"周围的人听说来了交大的学生，围过来看热闹。

我说："我们没钱，但我们有学生证，有信誉。我们把证押在你这里，先拿十个鸟走，卖了钱回来给你。"

姑娘上下打量了一下我和刚子，尤其是刚子看起来不太像好人。但我的一身正气还是征服了她，晚上，我们两个无证学生就带着十只鸟回到了宿舍。

整个宿舍的人都拿着我们的鸟玩了一阵，但似乎没人打算领养一只。我跟老大说："老大，你有女朋友。买一只送给她，肯定就献身了！"老大说："不用不用，早就献身了呢！"没推销出去还被喂一嘴狗粮！我们打消了在宿舍里推销的想法，而且挨个宿舍敲门实在是太尴尬了。女生买的可能性比较大，但女生宿舍又进不去。在食堂外面摆摊，又实在太挑战勇气了。说真的，我很怀疑，那些用餐高峰期在食堂门口摆个摊子卖东西的，都是校外人员，理由是一个我们认识的人都没有。一想到我们将成为彼此第一个认识的摆摊的同学，压力陡然上升。刚子是无所谓，可我还是有可能谈恋爱的。我还有在学生会的大好前途……

　　我跟刚子说："咱俩眼光要长远一些，不能局限在校园里。咱们应该走出校园，去一些比较繁华的地方。如果卖掉了，还能顺便看个录像。"刚子说："行！"

　　第二天，我俩拿了一块塑料布，背着十只鸟出了门。因为没有目的地，所以我们没打算坐公交车。出了校门向西走，一路看起来都不像能摆摊的样子。有的路太窄，影响交通；有的路太宽，没有人气；有的路不宽不窄，可惜有个垃圾桶。我俩一直走到和平门，向南，朝着大雁塔的方向继续走。快到大雁塔的时候又转西，那是小寨，录像厅的方向。不行啊，再不摆出来我俩就要被录像厅吸进去啦！

我俩在小寨十字路口看到有不少人摆摊，卖贴画的，卖小人书的，卖防臭鞋垫的。我觉得气氛很合适，对刚子说："就这儿吧！"

刚子和我很郑重地在地上铺上了塑料布，我们把十只鸟一一摆在地上，每只鸟有一个底座，十只鸟形成了一个飞行方阵。我是比较重视商品陈列的，让它们一会儿飞成"人"字，一会儿飞成"一"字。很快，我们的摊位前就有了人群停留。还有人问："这斯啥？""高科技悬停鸟！""多钱？""二十。""轻工才卖十块！""这有啥耍的！""唉！走走走！"我俩低着头，不反驳，也不解释。我恨那个去过轻工还知道价格的人，也恨那个十块钱批发给我们的"阿姨"！有那么一瞬间，我觉得我们不是在卖东西，倒像是假扮大学生乞讨骗钱的。我突然理解了每天在食堂门口摆摊的"同学"，告诉大家我很穷，我很需要钱，真需要勇气啊！

就在我们的尴尬无处安放的时候，人群突然骚动起来。卖鞋底和贴画的人们突然卷起铺盖就跑了。知道为什么地摊都喜欢卖片状物了吗？卷起来快！我和刚子愣在那里，不知道发生了什么。旁边羊肉泡馍店的老板喊："还不赶紧跑！城管来咧！"我们依然没动，觉得会不会是在唬我们这些刚入行的人。

"我们是大学生勤工俭学！"我还在给老板解释。

"大学生有啥用！赶紧跑！瓜尿，城管打人呢！"

刚子已经开始收拾他的鸟了，我还有点犹豫，问："那为啥小人书的摊不跑？"

老板已经急疯了："你跟人家比呢？人家是个跛子！人家有残疾证呢！你有啥！瓜尿，赶紧跑！"

这时我也看到，从东边好像有列火车开过来一样，人群纷纷避让，有来不及跑的三轮车在苦苦拉扯。有人的玉米锅被踹翻在地，黄色的玉米带着热气在地上翻滚着。摊主赔着笑捡拾着零散的锅和蒸笼。说话间刚子已经收拾停当，我俩背起包袱赶紧跑了。心跳得厉害！今天已经不能再摆摊了。事实上，这辈子我也没有再摆过摊。二十年后，有一次我在街头吃酸辣粉，遇到了同样的场景。很多食客也赶紧跑了，我淡定地坐在城管队员中间，吃完了我的粉。摊主说："不要钱了，走吧走吧。"我给了他一百块，说："不要找了。"然后对城管队员说："让他收了摊就好了，都不容易。"这是我唯一能做的自我救赎。

那天唯一得到执行的计划是看了录像。背着鸟回到宿舍，大家看我们太可怜了，隔壁宿舍的老大说："我买一个吧！"我们知道他刚谈了个女朋友，给女朋友送了只兔子被退回来了，兔子晚上还在下铺老六的脸上拉了屎。我们这个鸟既有高科技又不会拉屎，隔壁老大花了十五块，垄断了我们全部的销量。当晚对门的老二又玩坏了我们一只鸟。第二天我们带着八只鸟和十五块钱去轻工市场。那姑娘从腰包里拿出我们的学生证，笑着说："大学生，钱不好挣吧！"我们担心她要我们二十，没想到她说十五也行。

就这样，像那首流行歌的名字一样：红尘来去一场梦。

浮　夸

　　学霸虽然很让人羡慕，但真正拉风的是校园歌手。我有个经历，连我们班同学都不知道，直到今天，我的心灵被生活锻炼得皮糙肉厚了，才愿意分享给大家。那就是——我悄悄参加过"交大之星"歌唱比赛。

　　那是一个仲夏夜，我按照海报上的指示，来到四食堂的二楼，这里是海选现场。印象中当时没什么人，只有台下第一排坐着一些艺术团的同学，连骨干都没有出现。海选初赛这种小场面，真正的校园明星是不会露面的。评委中有一个人我认识，和我来自同一所中学，据说因为能把小号吹响而进了艺术团。他和我是同级的大一新生，所以我猜测，那一排不会有任何天王巨星。别的选手表演得怎么样我不知道，因为我一直在练习我准备的歌，生怕自己忘词。

　　"情愿就这样守在你身旁，情愿就这样一辈子不～呜～忘"……是的，我选了张学友的《情网》。那时候 MTV 台天天放它的 MV，张学友和一个女孩在麦田里晃来晃去地谁也找不到谁。其实我并不喜欢这首歌，我喜欢黄凯芹的《晚秋》，以及张智霖的《逗我开心吧》。一个人的时候，我都是唱粤语歌，但准备报名的时候，找不到这几首歌的伴奏带，我就随意选了并不喜欢也并不擅长的《情网》。这么多年过去了，我还是这么随遇而安。拿着复制的伴奏带，我就这样走进了"演艺圈"。

当我走上台的时候，"小号同学"也认出了我，矜持地轻微点了点头，示意我可以开始了。后台开始播放音乐，我觉得自己应该像张学友一样晃一晃，但不知道应该前后晃还是左右晃。这只是海选，如果还有动作设计，会不会显得太刻意了？还是留到决赛再晃吧！就这么一走神的工夫，第一句歌词好像过去了。而且最重要的是，伴奏听起来只有咚咚咚的节奏，谁知道哪句是哪句？算了，赶紧唱吧。我看出评委们已经不耐烦和正在交换眼神。

"请你再为我点上一盏烛光，因为我早已迷失了方向！"这第一句词就特别不吉利。

"我掩饰不住的慌张，在迫不及待地张望……"我咋选的破歌？头两句就唱出了我全部的状态。我当时应该就着这歌词直接改小品表演，说不定以后就混进"开心麻花"了。然而我没有那样的机智，仍然完全不在点上地倔强地唱着。

"我越陷越深越迷茫，路越走越远越漫长……"好消息是，我没有忘词。音乐没了，我还唱了一句："问你是否会舍得我心伤？"

评委们没等我唱完就开始打分了，并且还交头接耳。只有"小号同学"轻轻打着拍子很陶醉的样子，我怀疑他也找不着调。下台后，有个人说："回去等消息吧！会有海报通知的。"我赶紧拿了伴奏带，逃出了四食堂，结束了我的演艺生涯。

我没有去看过海报，所以理论上我也可能进了复赛。但台上的经验还是给我带来了极大的心理阴影，就算进复赛，我也宁愿改为表演武术。顺便说一句，后来我真的见到一个策略正确的哥们儿，他演唱《万里长城永不倒》，但他并不真唱，而是在放这首歌的同时，饰演霍元甲，打了一套迷踪拳。既然是迷踪拳，你就没法说他打得不对，反正我是觉得他打不过我。但就这个节目，竟然成了很多晚会的邀请节目，我在不同场合至少看过三次。这哥们儿放在今天，肯定是抖音唱歌对口型的网红。

　　我后来有了点名气，人们经常会问我，会不会比较担心自己的公众形象？其实我早有感悟，丢人这件事和知名度无关，只和丢人者的心理承受力有关。1993年的时候，学校里没人认识我，唱砸了完全可以隐入人群中，假装跟自己没关系，装作那个唱《情网》的人不是我。但那种丢人的感觉，却伴随着我整个大学时期。我见到"小号同学"都躲着走。艺术团的姑娘再怎么漂亮，我都不跟她们说话。在所有公众场合，我都假装自己不会唱歌，也不参加任何演艺选秀活动。可以说是这次丢脸的比赛，把我推上了靠说话吃饭的道路。

　　而今天，面对再丢脸的事儿，我都只会说："哦，那就是我，我就是这个水平。"所以，年轻人的自尊比成年人的自尊更沉重，成年人逐渐感受到了自尊的虚妄，而年轻人以为全世界的人都在看自己。

　　其实除了唱歌和打迷踪拳之外，也有其他的办法可以成为"交大之星"。我一哥们儿，后来成了著名的主持人，那时候表演电影配音，勇夺"交大之星"第一名！我咋没想到呢？！我另一哥们儿，现在是成功的投资人，那时候表演吞针，再吞线，然后在嘴里把针线穿起来。好吧，他没得奖，但令人印象深刻。他还有个拿手好戏，是吃玻璃瓶子——敲碎一个啤酒瓶子，咔咔地吃下去一大块。大家为了该死的表现欲，真的是太拼了。

文艺看来不适合我，体育也是比较容易获得知名度的途径。学校要开运动会了。学生会的师兄师姐来大一新生的宿舍，动员大家报名。材料系只有一个专业一个班，是全校最小的系。人家一个系多则几千人，最少也有大几百人。我们材料系这一届才三十六个人，而且没有体育特长生。师姐说："咱们系在校运动会上的最佳成绩是零分！也就是说，从来没有一个材料系的运动员，进入过任何项目的前八名。第八名就有一分！只要你们三十六个小伙子，有一个人进入某个项目前八，就是创造历史了！"

我们那时候实在年轻，听到"创造历史"这几个字，就想要真的去创造一下。班上很多同学都报了名。老五报了一千五百米，老四报了跳高，老六报了标枪，老二觉得自己种过地，有一身力气，扔铅球说不定能创造历史。而我认为他们都不够明智。这些人人都会玩的项目，如果能突破，这些年来早就有人突破了。而我，将用我的智慧，为材料系创造历史！我在纸质报名表上勾选了"链球"。

老六很钦佩地凑过来:"哇!你会扔链球?我都没见过链球呢!"

"我也没见过链球,"我说,"你看,根本没人报这个项目。说不定全校报链球的都不到八个人!我就自动前八啦!"

他们都对我的智慧深表钦佩。

运动会如期而至。大学的运动会不像中学,没有被强制要求观看的观众。感觉有点像奥运会,热门的比赛有人看,冷门的比赛只有运动员们落寞地较劲。正合我意。我来到链球运动员检录处,遇到刚刚结束铅球比赛的老二,因为动作不符合规范被罚下场了:"兄弟,我牺牲了!就看你的啦!"

我觉得气氛不太对,只有我穿着普通的长袖运动服,还有一个食堂的大师傅穿着白褂子。其他人都穿得很像电视里的田径运动员。短袖、短裤,衣服上还写着"陕西"或者"交大"字样。而且加上我和食堂师傅,一共十个人报名。裁判检录完,给我们一人一个链球,让我们拖着到西操场比赛。原来这就是链球啊!中间竟然不是链子,而是一根铁丝。我们拖着铁球,排成一队,走在校园里,很像《被解救的姜戈》里那群被贩卖的奴隶。

我问食堂师傅："你会扔链球？"

师傅说："额不会！额奏思来耍一哈！"

我问前面那个看起来正常一点的同学："你会扔吗？"

这个电气系的同学说："我中学学过一点。链球是交大的传统优势项目，一直是省纪录保持者。我是来学习的！"

What the……交大竟然有一批专业扔链球的人？！而我根本不知道怎么把这个家伙扔出去！

大家见过比较正规的大操场角上，有一个敞口的八角形网子吧？那天我才知道，那是用来扔链球的。裁判和选手都站在网子背后，一个选手进网子，站在圈里，拿起链球在头顶抡。抡圆了转圈，转到朝着网口的方向松手，铁球带着一根铁丝飞向远方。我抽签抽到了最后一个，站在网子后面开始紧急学习动作要领。说真的，如果让老二来扔，肯定会有人有生命危险。就算是前面的专业选手，也会有扔到网子上的时候。每个选手三次机会，三次都扔到网上就没成绩了。至少有一次把球扔在有效范围之内，才有成绩。前八名可以进入复赛！

每个选手扔的时候，我都跟着学，原来有好几种不同的姿势。有人竟然不转圈，把链球在头顶绕一下就抛出去了，看来之前练过扔铅球。食堂师傅一次扔到网子上，一次差点砸到脚，最后一次扔出去了，但没有进有效范围，最后回去炒菜了。前面三个大块头在比拼"奥运金牌"。我和电气系的小伙儿竞争前八名！我心里说："你肯定拼不过我！你赢了只有一分，我赢了就创造历史了！"我俩都用不怎么潇洒的抛投动作拿到了成绩。前两抛，我比他远一点点。第三抛，这小子竟然敢旋转了。"撞在网上！"我暗暗祈祷。他抛出，有成绩！比我的第二抛远了一米多。到我的最后一抛了！区区一米而已，而我之前还没有旋转！于是我在手上抹了点镁粉，拍一拍，用慢动作走进了圆圈。

那天的旋转是完美的，有那么一刻，我觉得自己是古希腊的战士，链球将斜向上飞往遥远的敌阵。能进前五也未可知！我感受到了链球带动我的脚步在高速地旋转。我只需要在正确的时间撒手，材料系的后人将会记住我，这个创造了历史的人！有一个机会我想撒手，但是转得太快了，网口又那么小，错过了。只能越转越快，等待下一个窗口时刻。哎呀，又错过了一次。那天比赛结束回宿舍复盘的路上，老二一直替我惋惜："你小子就是太贪心了！你只要撒手，肯定进前八了！你最后那一下是想得冠军吧？"我说："滚！"

实际情况是我不敢撒手了，链球失控了，我停不下来。后来很神奇的事情发生了，链球自己决定站到圆圈中间，而我只好给它让路。我在高速旋转中离开了圆心，撞在了网子上，链球被稳稳地扔在了圆圈的中间。人群中没有哄笑，大家都是职业选手。只有裁判冷冰冰地说："第三掷，成绩无效。"

我没有创造历史，但我活着回来了，成为我们班最接近创造历史的人！老二逢人就说："可惜了！老七差点破纪录！"

食 色

1993年，我一个月的生活费一百二十块钱，再加上学校补贴的三十五块钱饭票，就基本够吃了。我用的是比较省钱的吃法，早餐两毛：一个肉龙，或者馒头花卷之类的，边吃边往教室走。中午饭一块：八毛钱的荤菜加两毛钱米饭。下午饭八毛：六毛钱的素菜加两毛钱米饭。如果去吃油泼扯面，好像是两块钱一碗。食堂是苏式大礼堂改建的，高高的穹顶，如果挂上好看的吊灯，就可以举办宫廷舞会，只是现在已经被油腻的食堂大师傅们占据。他们是这里的话事人，手里的勺子决定着一切。同样是八毛钱的红烧肉，他狠狠地插进盆底，足足地捞起来冒着热气颤抖的五花肉，抬眼看一下你，觉得不顺眼，就抖一抖，于是便只剩下了大量的配菜和大料。有个尽人皆知的"秘密"，就是他们喜欢给女生打得多。越好看的，打得越多。真是马太效应啊！越是吃不下的，越让他吃不完。那些常喊饿的，偏让他吃不饱。所以在一所理工科大学谈恋爱是有经济学意义的。女生打饭，男生打水，琴瑟和鸣，相得益彰。

交大有几种传统美食：狮子头、红烧肉、大排、肘子肉。这些美食单份八毛钱起！没有个一块六就别想了。因为八毛只会吃得你更馋，还不如吃点大锅里不清不楚的汤水菜。我有时候攒够了钱，决定吃一顿肘子。不用排队，直接走到单点窗口，说："二两肘子肉，四毛钱米饭。"这样不需要看师傅脸色，他要从锅里捞出一大块肘子来，当着你的面切成片状，每一块都连皮带肉，冒着热气，然后放在秤上称，再煞有介事地拨动一下砝码，让秤杆抬起来一下，以显示照顾，再把肘子肉倒进盛好的米饭里。我这时会要求："再加点汤！"一勺充满肉香的酱肉汤浇进米饭里。运气好的话，还会有些小小的肉渣。

周星驰的电影《武状元苏乞儿》里，有一段他和吴孟达在大街上被人欺负，只能吃狗饭，吃着吃着，周星驰说："爹！这里竟然有一根肉丝！"吴孟达说："这哪里是肉丝，这根本就是一根肉排嘛！"不知道为什么，我每次看到这里，都觉得特别能理解这句台词。

我们班还是有贫富差距的。我属于偶尔能吃肘子的，有人属于天天吃肘子的，还有人属于不知道什么是肘子的。但日子长了，大家就放得开了，中午吃饭，抱着个饭盆挨个宿舍串门，看到别人碗里有肘子和红烧肉的就靦着脸讨一块。肘子见人品，我觉得比酒桌上靠谱。贫贱时的交情为什么难忘？你只有一块六的肘子肉，愿意分给我四毛钱的，这就是交情！有一次我丢了一整本饭票和钱包，沮丧得要死。大家听说了，就主动邀请我去他们宿舍吃饭。我那个月只买白米饭，从兄弟们的饭盆里分着吃，竟然也混过来了。

每年开春过了寒假，一般宿舍里会有些好吃的。湖南的腊肉、四川的豆瓣酱、山西的老陈醋什么的，从家里带来改善伙食的，说实话都舍不得吃。用大罐头瓶子密封了，放在床头的隔板上。我和老二这样脸皮比较厚的就会经常提醒："怕是要坏吧！""独悦乐与众悦乐，孰乐？""干脆来个痛快吧！人生得意须尽欢，莫使腊肉空对月！"……能分着一筷子头，大家就相互庆贺："猪油可曾吃过二两？！"最奇怪的是隔壁401，因为有个山西同学常子，每年带一桶醋。他们宿舍竟然人人声称喜欢吃醋。醋泡米饭，醋泡馒头。有一天常子同学买了两根油条，用醋泡着吃光喝净。

宿舍的管理员是"容嬷嬷"们，经常会发动"抄检大观园"。趁着我们去上课，挨个宿舍搜查一遍，主要是为了收集电炉子和热得快，理由是电路安全，但实际上是为了垄断市场。食堂只有那些没有油水的食物，晚上再上个耗费脑力的晚自习，回到宿舍基本自控力都没了。这时候至高无上的享受就是煮一碗加了鸡蛋的方便面了！然而"容嬷嬷"们是不能让你这样放纵的，这么晚了，怎么能吃方便面这样的垃圾食品呢？除非，让阿姨亲自替你煮。我不是阿姨房间的常客，因为没钱。但我确实看到过阿姨用六个电炉子同时开动，经营她的深夜食堂。不知道现在的外卖生意有没有打败阿姨的垄断。那时候，我知道有个能源与动力学院的男生，因为每天去阿姨那里煮方便面，后来跟阿姨谈上了恋爱。帮阿姨收钱，打鸡蛋。估计是想一步一个脚印，做大做强。

我现在常常抱怨，家里可吃的东西实在是太多了！搞得人一点食欲都没有。有时候深夜有了食欲，又担心临睡前吃饭增加体重。唉，人生就是这样，有贼心又有贼胆的时候，贼没了！

低俗的娱乐活动主要靠录像厅。现在的孩子没法想象 20 世纪 90 年代的热闹。那时候中国还没签署《伯尔尼公约》，也没有互联网，满大街都是音像店。各自拿一个大喇叭冲着大街放最流行的音乐。一路走过去听的是一个大型串烧。"我和你吻别……春去春会来，花谢花会再开……村里有个姑娘叫小芳……every shalalala every woooo……"除了音乐还有漂亮的海报，张学友、刘德华、张国荣、谭咏麟，争奇斗艳。现在大街上没有这样的店了，都在网上、社群里，实在影响逛街的积极性，也难怪孩子们越来越宅了。

录像厅是一种现在已经灭绝的古老物种，只要老板有路子，想放什么片子就放什么片子，想怎么组合就怎么组合，不需要拷贝，不需要选座位，不需要等电影结束再进场，随到随看，循环播放。老板们的性格和品位决定了排片的质量，有的跳跃性极强，有的喜欢做专场。我有个下午不小心走进了一个恐怖片专场——《德州电锯杀人狂》《猛鬼食人街》《午夜凶铃》《大法师》。一屋子的大小伙子，主要是两类人，大学生和农民工。看到《大法师》的时候都崩溃了，一群男人惊声尖叫，完全没有看《英雄本色》时的豪气干云感。

录像厅也会冲着大街放一个大音响，音像店起码是音乐扰民，录像厅可是花式扰民。在交大二村的菜市场里，常年可以听到激烈的枪战声。我怀疑要是真发生了枪战，派出所都不会出手。有时候你可以一路走过去玩一个"听对白猜电影"的游戏：

"小马，你给我的信里不是这么写的！"

"我看你也有四十多岁了，这四十多年里你总有一些人不想再见，也不想再提起。"

"吸星大法！告诉我，那天晚上到底是不是你？！"

"I'll be back！"……

这样的诱惑对刚刚从高中毕业获得自由的年轻人来讲，是很难抵挡的。我是班里第一个沦陷的。

看一个日场三块钱，三部片子。看一个夜场五块钱，五部片子。海报上写三个，还有两个写"待定"。善良的我们立刻觉得神秘又有趣，能让老板待定的，肯定是不敢写在海报上的片子吧！于是省吃俭用地去看个通宵夜场，顺便接受一下"性教育"。结果到了后半夜，发现待定的片子是《逃学威龙》这样的"平庸之作"。原来老板不敢写在海报上，是怕你看了就不来了。敌人太狡猾了！观众们闹起来，一起敲着凳子，大声喊："换片！换片！"

砸得厉害了，老板突然打开灯，大家都在光线下老实了，老板说："想看啥？你们这一伙大学生不学好，想看啥？这么好的片子为啥不看？想咋？！"大家睡眼惺忪又被明晃晃的大灯照着，没人敢喊了。老板很得意地说："关灯！接着放！"

灯一关，大家又闹起来，砸凳子、跺脚、喊"换片"！直到老板说："再别喊咧！"换上一部新片。大家满意了就不喊了，不满意就再折腾几个回合，这一夜也就混过去了。现在想想老板赚钱也真不容易啊，每天晚上跟这帮荷尔蒙爆棚的小子斗智斗勇。有时候hold不住，真有打起来的。还有时候一部片子有人喜欢有人不喜欢，也会打起来。对门宿舍的李明就跟我看过一次录像，全场凳子乱飞，吓得这个学霸错过了整个90年代的优秀电影。

就是这样鱼龙混杂的录像江湖，也有很多高品质的电影触动了我。因为我看片实在太多，发现未必总是曹查理、徐锦江、叶玉卿、陈宝莲的片子才好看，还有汤姆·汉克斯、约翰·屈伏塔、理查·基尔、达斯廷·霍夫曼……后来我们慢慢在录像厅学会安安静静地看几部好电影。《钢琴课》《红白蓝》《阿甘正传》《勇敢的心》《雨人》《最后的莫希干人》《东邪西毒》《霸王别姬》《大话西游》……这些经典电影用这样廉价的方式滋养了我们饥渴的心灵，让我们学会了爱、友情、勇敢、坚定和审美。

隔壁401的小夏从来不去录像厅，有一天突然跑来找我这个"录像导师"，问能不能陪他去看个录像。我说："你请客就去！想看什么风格的？"那时候十几家录像厅占据了学校的海报栏，"血了呼啦"的海报争奇斗艳。能从众多夸张的宣传中找出最值得看的一家，是需要专业能力的。而我，是全班最权威的录像顾问。

小夏说："不用选，我就去看看《廊桥遗梦》。"我说："咦，没看过。三级？"小夏说："你以为都跟你一样？这是个好电影。我没去过录像厅，你陪我去吧。"那天的电影不是我的菜，婚外恋什么的根本没感觉，我睡了大半部电影，只记得伊斯特伍德在雨中发量很少凄惨的样子。那时候我就觉得，小夏是个早熟的人，才大三就考虑婚外恋的问题了。

那时候沉迷录像厅，和现在的孩子沉迷手机应该是一样的感觉：痛苦自责而难以自拔。进录像厅是中午，出录像厅时天已经黑了。看到街上来来往往准备回家做饭的人，空虚感油然而生。如此珍贵的一个下午，就伴随着机关枪和刀剑声化为乌有了。回到宿舍看到上完课的同学，觉得自己真是个人渣。人家恐怕都会做专业课的作业吧，而我只能说出很多明星的名字。看完夜场的感觉更糟糕，首先是花钱就多，整整五块！清晨6点的西安城我是很熟悉的，骑着自行车往学校挪，昏昏沉沉，垂头丧气。不断下定决心，以后再也不看了！但年轻人的自控力是相当稀缺的东西，我不但没有改掉这个毛病，还把班上很多人都带进了坑里。至今同学聚会，大家的话题还是哪个录像厅的片子好这样庸俗的话题。

后来我到北京工作，在央视新闻评论部，找到了一大群看片子长大的同事和前辈。他们看得更多，更专业，更系统。我打算考个博士争取北京户口的时候，我选择了电影学专业。这是我大学里唯一真正专业的事儿。我估算了一下，大学四年，我至少看过两千部电影。当年的自责和悔恨，在努力后变成了一个博士学位。我要感谢那些坚持不换片，逼着我们看好电影的老板！

考 试

　　进大学的第一堂课，在西二西301。理工科的学校，给教学楼起名字很没有创意。那时候也不流行找个"真维斯""班尼路"什么的冠名，所以学校里的楼分别是：东一楼，东二楼，西一楼，西二楼，中一楼，中二楼，中轴线上是行政楼和图书馆。再加上陕西人方向感好，教室名就会出现"西二西301"这样奇怪的名字。估计很多南方的同学一开始都会很困扰，常要抬头观察太阳的位置，来判断东西南北。

　　西二西301在整栋苏式建筑最西头的角上。一进教室，会有种进了电影院的错觉。老式翻板的座椅，前面一个小桌板。如果有人来晚了，还想坐到中间去，整排的人都要一个一个站起来，座椅就会噼里啪啦地响一阵。教室里十几层阶梯，六块大黑板。坐在最上层，有种君临天下的感觉，可以看到教室里的每一个女生……

的后脑勺。六块大黑板分上下两层，写完一块可以很有气魄地推上去，滑轮装置会把上面的一块带下来。有时候一节课六块黑板还不够写，老师需要推上推下，纵横捭阖。

要说交大的本科教学质量，真是没的说。大教室里上基础课的不仅仅有年轻教师，也有很多白发苍苍的老教授，粉笔字写得那叫一个漂亮，尤其是高等数学、概率论、线性代数这样的硬课，大括号小括号再加上求导和积分符号，我觉得学好了发射个火箭都绰绰有余。可惜现在脑海中只剩那些非常具有高科技感觉的电影画面了，教授们说过一些什么，完全不记得了。

我喜欢君临天下的感觉，所以总是坐在教室里的最高处。网上流行过一张图，是教室里各种类型学生的人员分布图，我认为是很有道理的。学霸们是会占座位的，尤其是机械系那几个女生，总是派一个姐妹，不吃早饭就赶过来占座位。书、本子、铅笔盒、书包、饭盒，她们把物品尽量摊开，以这种方式遍布学霸区。那里能够得到老师眼神的关爱，能够向老师展示好学的姿态，当然，也能感受到老师喷出来的唾沫星子。我一直很纳闷，她们为什么要占座位？因为似乎不需要去抢。对我而言，最珍稀的位置是靠窗的最后一排。当然，有时人太少，一个人像颗围棋的棋子一样坐在角上，会太突兀，我就会选一个尽量接近窗口的后面一排。交大的梧桐树太好看了，从窗外望出去，树影斑驳，如果有一阵清风，几声鸟叫，实在是惬意。

顺便介绍一下，我们班是金相专业，全班三十六个男生，没有女生。是的，这让我很震惊！上大学前从没想过，没有女生的班是什么样。报名的时候看见花名册，我翻了半天问老师："女生呢？"一位女老师笑盈盈地说："没有。"我说："没有是什么意思？没有名单还是没有女生？"女老师笑得更厉害了，说："没有女生！和尚班！哈哈哈，金相从来没有过这种情况。以前每个班至少有一两个女生的。铸造、锻压才一直没有女生呢！"而我们上课的大班，就是和铸造、锻压一起！幸好还有焊接的两个班，这两个班贡献了仅有的五六个一看就像工程师的女同学。

我深信心理学上讲的"纯粹接触效应"，处的时间长了，就不觉得谁难看了。连老二的长相我都能接受了，还有什么女生不会成为天仙呢？我们全班的审美坐标系，就源于学霸区的几个女生。先是挨个打分，定下来六十分的基准，然后有了七十五、八十这样的分值。最高分应该有八十五吧！最后是把在学校里看到的每一个女生，都拿来放进"焊接女生坐标系"。常用的说法是："以小辣椒为七十分的前提下，我今天在四食堂看到一个九十分的！""听他胡扯！我也看到啦，最多八十！""你看的是侧面，我是正面看到的！"……那时候没有微信，没有手机，没有传呼机，没有座机，四食堂一别可能就是一辈子。学机械的，想要认识个女生太难了！

我上中学时从不瞌睡，自从进入树影婆娑的阶梯教室，我就困得睁不开眼。强弩着听一会儿，就趴在小桌板上睡着了，口水流一袖子。现在整天矫情睡眠质量，那时候只要有个数学老师，就从没发愁过睡眠的问题。我常常为自己的不听讲自责，但很多年后我学会了一句话，叫作"大学，就是大不了自己学"，于是，自己看课本，自己抄作业，就成了很多人的日常功课。老三、李明这样的负责听课、写作业。老大、老二、我这样的负责抄作业。老四、老五、老六这样的负责时而写时而抄。总之，各有各的门路。

有时候上课实在睡不着，还有一条退路。当年苏联专家帮着设计这些教学楼的时候，教育理念还是很先进的，每个大教室后面都有个后门。下了台阶就是走廊。大学和中学不同，中学的时候你在上课时间走在校园里，任何一个保洁阿姨都敢"拘捕"你。到了大学，你只要走出教室就算自由了，轻松地巡视一下长长的走廊，看看各个专业的同学们在学些什么课程。遇到八十五分以上的女孩子，就多看两眼。路上遇到老师是不怕的，他又不知道你有没有课。遇到校长都不怕，他可能以为你是年轻教师呢。走出西二楼，就是明媚的阳光，笔直的梧桐大道，摇曳的绿荫，会一直陪伴你去往一个更美好的场所：食堂！

有时候我会想，如果大学没有考试，我会不会愉快很多？答案是不会。正因为有考试的存在，才使得大学时光愉快了很多。这就是反脆弱效应，就像你体内种植了牛痘，反而会生出抵御天花的抗体。考试就是我大学时的牛痘。因为有了它的恐怖折磨，其他一切活动都变得美好而富有诗意。我曾经设想过最美好的状态，就是考完人生最后一次试以后，心无挂碍地在交大二村的夜市闲逛。我一直认为，考试带给我的压力，比后来的工作和房贷都大得多。我从没做过还不起房贷的梦，但直到四十多岁，我还会梦到马上要考试了，而我却一个公式也不记得。那种百爪挠心的焦虑感，会让我从梦中惊醒，然后一头冷汗地庆幸自己是在做梦！

理工科考试，最让人痛苦的地方是它没法瞎猜，没法糊弄，对就是对，错就是错，不知道就是不知道。不像文科考试，你只要敢把整张纸都写满，多少就有点同情分。我至今也搞不清楚屈氏体和马氏体的区别，也不懂淬火、回火、退火都是在做些什么。有一次专业课考试，要求我设计一个炼钢炉，我唯一见过的炉子是我们家的蜂窝煤炉子，就只好根据科幻小说的思路乱画，祈求有某个零部件可能和炼钢炉有相似之处。很多专业课考试，在写完了力所能及的部分后，我都只能无助地等待。监考老师走过来的时候，我就假装深思熟虑，在草稿纸上胡写乱画。很多好心的老师会跟我说："抓紧点，时间快到了！"难道我不知道时间快到了吗？难道我不想把答案写在卷子上吗？老师难道真的认为我只是拖延症患者吗？我只是单纯地——不会做！

然而我似乎有一种神奇的能力，我从来都没有挂过科！我们班三十六个人，只有十一人有此殊荣。而且我知道老二也属于这十一人之列，但他压线过的六十分比我更多。所以，从这个维度讲，我应该算是前十名了。保持不挂科，也是一种很重要的能力，包括了对危险的预判能力，对分值的估算能力，和老师的沟通能力，以及获得良好运气的能力。是的，我也曾走在崩溃的边缘。

有一次，号称交大"四大名补"的材料力学考试结束，全班都处在惴惴不安的状态之中。一直有各种消息传来，宣告谁谁谁不及格，需要补考。被宣告的人会沉痛得寝食难安。当时没有人告诉我们，大学里挂几科，其实对以后人生的影响不大，我们那会儿都觉得挂科是非常严重的事。不能保送研究生，不能成为优秀毕业生，补考还要按照学分交钱。连天才老三都很严肃地跟我说："唉，真的考砸了！"我说："你考砸了也有八十分吧！"他说："够呛，一道大题没做！"我说："是吗？我倒是都写满了……"

成绩终于公布了，我六十四分，老三九十分。我以后再也不信他沉痛的表情了！他是有一道题没答，但他答了的全对！我是都写满了，然而并没什么用。后来我才知道，材料力学我其实只考了五十九分，老师越往后判卷，发现不及格的人越多，逐渐开始怀疑自己的教学水平。于是统一每人加五分，我因此逃过了一劫。

1996年，我因为辩论赛错过了参加金属学的期末考试，拿了冠军后，学校依然不留情面地要求我们单独参加补考。我去找老师，老师笑着说："我知道你们是去辩论赛了，还拿了冠军，我会照顾的。就按照上学期期末的考卷考吧！"

我千恩万谢后奔回宿舍，让兄弟们赶紧回忆上学期的考题，最好连答案都回忆起来。这是我最有信心的一次考试，什么填空题、简答题、画图题，都是我的"手下败题"！我将像一个时空穿越者一样，把答案轻蔑地写在答卷上，然后轻松地去看个录像。

　　老师的办公室只有我和他两个人，他坐在我对面，慈祥地看我答卷。汗珠从我额头流下，我有点不相信自己的眼睛，为什么所有答案都对不上？是老师欺骗了我，还是兄弟们陷害了我？我还能相信谁？这是在演"无间道"吗？老师看我半天一个字都不写，关切地说："你抓紧写啊！"（是不是所有老师都以为，我们只是不懂抓紧？）我抬起头，迟疑着问："老师，您不是说，就用去年的考卷吗？这个，好像，不是——吧？"

　　老师低下头，从眼镜上面看着我，说："这是去年的考卷啊！我想着你去参加辩论赛，肯定没时间学，就用了专科班的考卷。比你们本科班的简单些！你不用谢我，抓紧写吧！"

　　我蒙在了当下！看着老师真诚又期待的眼神，我只好说："谢谢老师！我很意外！您对我真是太照顾了！"

　　这时，有人来找老师串门，两个人一直在抱怨学校评教授不公正的事。半小时后，老师送走了客人，回头看我，发现我还是什么都没写，他也有些尴尬。我决定主动出击，缓解尴尬的气氛，于是说："唉，咱们学校就是不靠谱！去比赛前也不说补考的事，回来突然通知，我们都以为得了冠军肯定不考试了呢！学校的体制太僵化，评职称也是，像您这样的老师，同学们都很爱戴，课讲得好，对学生又好。我们觉得您早就应该是教授了！"

老师被我说得心头一热，说："是啊，我看你们那个辩论赛也很不容易的，应该给予奖励！交大啥时候拿过辩论赛的冠军！"我说："要是教务处像您一样灵活就好了，他们就知道按规矩办事。"老师有点激动，说："就是！"老师又看了一眼我干净的卷子，说："让你开卷考你会抄不？"我心下大喜，说："没问题！"老师说："那你拿课本抄吧！"哎哟我的妈！我像得到特赦以后的犯人，立刻恢复了活力！奋笔疾书。直到老师说："够了够了！有六十分了！也不能给你太多分！不用抄啦！"我还没过瘾，依依不舍地结束了开卷考试。

青 春

　　大学入学第一年的暑假不让回家，大家喜气洋洋地领了军装，参加军训。那时候年少不识愁滋味，对于扛枪军训还挺期待的。但现在回过头来看，那个暑假，真不知道怎么熬过来的。这么说吧，让今天的我穿越回1993年，肯定会死在烈日下的图书馆前。

　　教官们没用几天，就把我们折腾出了斯德哥尔摩综合征。教官到学校里就成了排长、连长和营长，其实也只是很年轻的战士，但那股真军人的气质就已经压倒了我们这些浪荡公子哥。老大站军姿总是站不直，温州话喊口号也经常出错，总被排长罚在操场上站军姿。二军手脚不协调，齐步走就顺拐，向右转就脸对脸。大家一开始都笑，排长说："笑什么笑！笑的人出列！陪他一块练！"

　　我属于比较机灵又身体素质不错的，毕竟全校链球

第九名，大部分时间都是做示范的那个。但有天中午操练结束，我没管住自己，听到排长说就地休息，我就躺在了图书馆前的台阶上。这时候副连长正好路过，看到我四仰八叉地躺在地上，一脚踢过来，说："什么地痞流氓作风！背上枪，绕着图书馆跑五圈！"

肉体的极度痛苦带来的是精神的完全依赖。我们很快学会了一举一动请示报告。人，太容易被改造了。每年军训都有女生爱上教官的案例，根本不用特别的手段，高压折磨加偶尔的善意，情窦初开的女孩子就沦陷了。

如果你懂一点心理学，就会知道军训场地是多么容易滋生爱情的环境。白天疯狂的肉体折磨，结合晚上荷尔蒙爆棚的拉歌活动，肯定比刘三姐和阿牛哥更容易建立感情。"一营的，来一个！""二连的，来一个！""一二三四五六七，我们等得好着急！"……就这样简单地喊着。没有个人，没有歌星，只有集体的呐喊和集体的歌声。双方喊了几个来回之后，一方会唱："日落西山，预备～唱！"然后接着喊，喊很久，另一方唱："说句心里话，预备～唱！"那时候什么周华健、张学友，都逊毙了！阎维文和郁钧剑才是我们的心中偶像。在暑日最后一点微光里，校园里有了阵阵凉风，操场上坐着一个又一个的方阵，拉歌声和唱歌声此起彼伏，那就是青春火红的回忆。

女生们也都晒得跟煤球一样，穿上军装就很难辨认了，但大家还是会在擦肩而过的时候，仔细辨认谁是谁心目中的九十分。拉歌的时候遇到女生营，就会把吃奶的劲都使出来，用统一的嘶吼释放统一的荷尔蒙。女生们平日各自不同的声音，集合后竟然变成了一个那么美好的女声。不娇媚，不柔弱，似乎是自信独立的女性所应该具备的声音。

有天夜里，熄灯后。我们冲了凉正准备睡觉，突然听到楼下一大群女生整齐有节奏地大喊："金相的，来一个！金相的，来一个！"我们骚动起来，扒在四楼的窗口向下看。黑黢黢的，什么也看不清，只能看到一大堆人影在宿舍拐角晃动。我们吓傻了，不知该如何应对。对面电子系的男生倒是见多识广，有人喊："我们来一个要不要！"女生中有个声音说："不要脸，没叫你们！"班长小夏说："要不，咱下去看看？"二军说："抓两个上来问问！"我和小夏跑下楼，溜着墙角凑过去想看看是谁。胆子太小，溜得太慢，宿舍阿姨在我身后突然一声陕西话暴喝："黑天半夜不睡觉，搁这儿喊叫撒尼！"别说女生了，我都吓得坐在地上。再抬头看女生，已经作鸟兽散。真的是像一群小鸟一样，呼啦啦食尽乱投林。一个都没抓住，其实是一个都没看清。我和小夏在紧张中站直了身子，互相问："看清了吗？哪个班的？"然而都没有。至今我们也不知道这些勇敢的女生是哪个班的。管院的？英语的？不会是焊接的吧？又是冲谁来的呢？肯定不是我，那时候我除了链球第九名之外还没有崭露头角。金相，全校最小的学院里最小的专业，就这样出了名。

我在想，那天没有看清可能是最好的结局。班上的每个人都可以分享这段艳遇，那些勇敢的姑娘也不必承受被发现的尴尬，她们这份傻傻的勇敢的小秘密也许会成为青春美好的回忆。如果没有阿姨的暴喝，我和小夏恐怕也只敢躲在黑暗里。突然跳出来说："抓到你了！"恐怕只有二军能干出这样的事。

军训后期比较有意思，练习射击和阅兵表演。我射击很准，九发弹打了八十九环。副连长站在我身后看我开枪，每打一枪喊一声好。要不是有一发打到了别人靶子上，说不定就是全团射击标兵。副连长对我说："你小子，能当个狙击手。"最后的阅兵仪式上，我们连的任务是作行列式标兵队伍，踢着正步跨跨跨地走过主席台。有一个连的表演项目是硬气功，那叫一个惨哟。一排一排地在头顶开砖，有一个哥们连开三下都没砸开，直接拍晕被抬出去了。最酷的是表演蒙眼组枪的。每个营选出一个人比赛，面朝外站成一个圆圈。先把五六式半自动步枪拆成零件，然后用黑布蒙上眼睛，蹲下，哨响开始摸黑组枪，完成的人站起来大声喊报告！全场屏住呼吸，看他们像职业杀手一样快速组枪，最后拉动枪栓。第一名是个女生！不到三十秒！太帅了！用今天的话讲：全场炸裂！

军训在这样的惊呼声中结束了。女生们送教官离开免不了眼泪汪汪，据说很多女生还跟教官保持着书信往来，但我们的宿舍已经变回了军训前自由主义的样子。那两个月截然不同的人生，成为大学里最鲜明的记忆。那个罚我跑圈为我喊好的副连长，成为我唯一能记得的教官。

教官们走了，女生还在。

交大的男女比例是六比一，所以女生格外珍稀。学校把女生宿舍安排在宿舍区中间的一个小院里，三栋楼，用爬满蔷薇的墙围起来。选蔷薇的原因多半不是为了好看，而是因为有刺！这里就是著名的"熊猫馆"。

熊猫馆的设计很人性化，看似封闭，实则开放。东西侧各有一个铁栅栏门，也没有门卫，男生可以穿行。

晚上很晚才会锁门，但因为是栅栏，男生女生还可以隔着栅栏腻歪一会儿。想想很奇怪，一个栅栏缝两边站着一对情侣小声说话，也不怕被人听了去。有一次，我们班一个兄弟在栅栏缝里和另一个兄弟一起，和同一个女生告别，女生开心地说"晚安"后，这俩兄弟在熊猫馆前打了一架，打得双方很像熊猫。这也可以被视为熊猫馆名字的来源，盛产熊猫。

大部分时候是没有栅栏的。我们这些不相干的人经常绕远去东区打水，就是为了横穿熊猫馆。女生打水都比较文气，两个人结伴，一人拎一个暖壶，这就是没有男朋友的标志。有男朋友的就会是男生一手拎一个暖壶，女生还要挽着他的胳膊增加负担，也不怕被烫着。也有男生一手拎两个暖壶快步走的，那是秀肌肉的"单身狗"。最夸张的是一边三个一边四个暖壶的，那是我这个表现欲爆棚的二傻子。还真有一次，我拎着七个壶去打水，有个女生惊呼了一声："同学你好有力气哟！"我吓得一低头像少林武僧一样快步溜走了。一路上我这个后悔啊，有女生主动打招呼，我却不敢正眼看人家，拎七个水壶满大街跑所为何事呢？真是孬！总之，每晚打水的时候是熊猫馆最热闹的时候。因为不能进楼，所以情侣们就带着暖壶道具在路灯下谈情说爱。

女生宿舍的宿管阿姨，在所有宿管中的地位，相当于空姐里面的头等舱团队。每天都有很多男生来讨阿姨们的欢心。那时候最先进的通信器材是阿姨门房里的一个呼叫器，每个宿舍里有个小喇叭。"某某某，楼下有人找！""某某某，有人送东西。""某某某，那个家伙又来啦！"……叫完以后男生就站在楼门口等。有的女生像小鸟一样飞出来，扑进男生的怀里。有的女生带着好奇的表情出来说："是你呀！"也有的女生带着不怎么好奇的表情说："怎么又是你呀！"最惨的是阿姨出来说："小伙子，别等了，她是不会见你的！"女人天生是八卦的动物，阿姨和女生们生活在一起，充当了妈妈、女友和容嬷嬷的多重角色。

每次检查卫生或者检查安全，就特别像"抄检大观园"。一床一床的电褥子，一堆一堆的热得快，小山一样的电炉子，都被从女生宿舍里翻出来，放在宿舍前展览。有时候还有成堆的啤酒瓶子。很多女生会跟"容嬷嬷"撒娇耍赖，但没用。这既是学校的规定，又是阿姨们的生意。但有时阿姨也会关心女生的恋情，帮着参谋哪个男生帅气，哪个一看就没出息。遇到阿姨看好的姻缘，男生来了，阿姨会说："她在呢，我给你叫！"或者："出去了，你下午再来。"阿姨以能识别恋人为荣，看到男生进门不等说话，就在呼叫器里说："谁谁谁，楼下有人找！"有时候也会叫错，但大概率是对的。

我们隔壁宿舍的老王是阿姨的噩梦，他把我们联谊宿舍的七个女生挨个追了一遍，发展到最后阿姨拒绝为他使用呼叫器，他也不敢去窗户下喊，因为会被泼洗脚水。是的，我相信有女生会为了他专门洗一次脚。

有一次我们问老王："女生那么多，你为什么只可着一个宿舍追呢？不怕有生命危险吗？"

老王很委屈，说："我是很讲感觉的，没有打过交道的女生我不会有感觉。追第一个的时候没成功，她就让第二个下楼来回绝我，我一看，这个更漂亮。后来去找她，她也不见我，让第三个来通知我，我一看，这个好像更善良！就这样，第四个学习更好，第五个看起来更踏实，第六个跟我是老乡，第七个是优秀团员。每一个我都是有真感情的！一直到第七个，我都没有欺骗过自己的感情！"

我相信他说的是真的，因为以老王这样的境界，他是不配认识女生的。那天我们和联谊宿舍的女生在我们宿舍共度元旦，煮饺子。他听到女生的声音来打探，跟他说话的就是第一个女生。这哥们可能是把所有对异性的欲望都等同于爱情了。也算情种！

春天的熊猫馆最美，满墙的蔷薇花，像瀑布一样地涌出来。夏天的熊猫馆最热闹，路灯下永远有回不去也分不开的恋人。秋天熊猫馆最文艺，那是毛衣和落叶的季节。冬天的熊猫馆最浪漫，那是路灯下的拥抱和漫天飘落的雪花。

（全书完）

幕后

作者 _ 樊登

产品经理 _ 聂文　　装帧设计 _ 董歆昱　　封面插画 _ 肖雯
技术编辑 _ 丁占旭　　责任印制 _ 梁拥军　　出品人 _ 曹俊然

营销团队 _ 闫冠宇　杨喆

果麦
www.guomai.cn

以　微　小　的　力　量　推　动　文　明

图书在版编目（CIP）数据

幕后 / 樊登著. -- 天津：天津人民出版社，
2023.8（2023.9重印）
ISBN 978-7-201-19588-9

Ⅰ.①幕… Ⅱ.①樊… Ⅲ.①散文集－中国－当代
Ⅳ.①I267

中国国家版本馆CIP数据核字(2023)第127456号

幕后
MUHOU

出　　版	天津人民出版社
出 版 人	刘　庆
地　　址	天津市和平区西康路35号康岳大厦
邮政编码	300051
邮购电话	022-23332469
电子信箱	reader@tjrmcbs.com
责任编辑	燕文青
产品经理	聂　文
装帧设计	董歆昱
制版印刷	河北鹏润印刷有限公司
经　　销	新华书店
发　　行	果麦文化传媒股份有限公司
开　　本	880毫米 × 1230毫米　1/32
印　　张	6.75
印　　数	50,001—58,000
字　　数	109千字
版次印次	2023年8月第1版　2023年9月第2次印刷
定　　价	58.00元